햇살 속으로 직진

〈나답게 청소년 소설〉
햇살 속으로 직진

지은이 │ 남온유
펴낸이 │ 一庚 張少任
펴낸곳 │ 도서 답게
초판 발행 │ 2020년 12월 15일
초판 4쇄 │ 2022년 11월 25일
등 록 │ 1990년 2월 28일, 제 21-140호
주 소 │ 04975 서울특별시 광진구 천호대로 698 진달래빌딩 502호
전 화 │ (편집) 02)469-0464, 02)462-0464
        (영업) 02)463-0464, 02)498-0464
팩 스 │ 02) 498-0463
홈페이지 │ www.dapgae.co.kr
e-mail │ dapgae@gmail.com, dapgae@korea.com
ISBN 978-89-7574-322-1
ⓒ 2020, 남온유

나답게·우리답게·책답게

남온유 청소년소설

나답게 청소년 소설

햇 살
속으로
직진

도서
출판 답게

| 차례 |

01
꽃수레

청량한 코발트블루 간판이 눈에 띄었다. 우리 동네에 이렇게 근사한 카페가 생기다니. 아프리카의 초원과 유럽의 오래된 공원이 함께 있는 것 같은 묘한 조화가 마음에 들었다. 절친 재인이가 일하지 않아도 자주 올 만한 곳이었다.

플라워카페 '꽃수레'는 이름부터 독특했다. 촌스러우면서 귀엽달까. 흔한 뽐내기용 꽃보다 식물이 많아서 좋았다. 반질반질한 초록 잎사귀를 보고 있으면 어느새 마음이 편안했다.

카페 문을 열자마자 탁한 시멘트 냄새가 몰려왔다. 꽤 요란한 공사 끝에 백 팔십도 달라진 모습이었다.

"지수야, 왔어?"

등 뒤로 익숙한 목소리가 들렸다. 머릿수건을 반듯하게 두른 재인이다. 오늘따라 녀석의 말간 표정이 예뻤다.

"완전 꿀 알바네?"

"부럽지?"

"대박 널널하다."

"오늘도 침묵 커플 하나만 왔지롱."

"그게 뭔데?"

"엄마랑 딸인데, 겁나 싸해."

"야, 그게 정상이지. 그러는 너는 엄마랑 얘기 잘하냐?"

재인이가 머릿수건을 정성스럽게 고쳐 쓰며 말했다.

"난 마미랑 종일 말하거든?"

재인이는 샴푸 모델처럼 한쪽 어깨로 머리를 몰아넣었다. 옥수수수염처럼 부스스한 머리가 출렁거렸다.

"사자 같아. 묶고 다녀."

"매직펌이 망해서 머리카락이 좀 탔어. 얘네들도 숨을 쉬어야지."

재인이 머리카락을 토닥토닥 쓰다듬었다. 마치 아기를 대하듯 조심스러운 손길이었다.

"돼지 털인데도 꼭 그렇게 풀어야 해?"

"돼지 털이면 뭐 어때서?"

능청스러운 재인이 말에 웃음이 났다. 맞는 말이다. 재인이는 남의 눈치를 안 봐서 마음에 든다. 코끼리 같은 다리로 핫팬츠를 입을 때나, 고2답지 않게 볼 터치를 잔뜩 했을 때도 세상의 눈치 따위는 안중에도 없었다.

"사장님은 어때?"

"대박."

"뭐가?"

"여신 같아."

"우아해?"

재인이가 고개를 끄덕였다.

"이것도 직접 그린 거래."

재인이가 벽에 걸린 그림을 가리켰다. 색색의 네모, 세모가 끝없이 이어진 유화였다.

"예뻐?"

"겁나 느낌 있어."

그때 가게 문이 열렸다.

"친구 왔니?"

따뜻하지만 어딘가 날 선 예민함이 묻어 있는 목소리였다.

무심코 고개를 돌려 사장님의 얼굴을 본 순간, 목덜미에서부터 정수리까지 소름이 돋았다. 잔뜩 부풀린 머리, 갸름한 얼굴, 유난히 점이 많은 목까지…….

그 여자였다.

주름이 늘고 어딘가 아파 보였지만, 분명히 아는 얼굴이었다. 오른쪽 뺨의 보일 듯 말 듯 한 흉터까지 그대로였다.

한 번도 잊은 적 없는 얼굴. 잊으려고 노력하지 않았지만, 그렇다고 기억하고 싶은 얼굴은 아니었다. 다행인지 불행인지 사장님은 나를 모르는 눈치였다. 나는 곁눈질로 여자를 살폈다.

여자는 나처럼 대놓고 놀란 기색이 없었다. 그럴 만도 한 게 나는 몇 년 사이 골반이 배로 커지고, 이차 성징의 대표주자인 가슴은 꽤 부풀어 올랐다. 다 큰 줄 알았던 키마저 뒤늦게 몇 센티미터가 자랐다. 아파서 학교를 반년 쉬는 동안, 밋밋한 눈에 정교한 쌍꺼풀까지 만들었다. 이만하면 의느님의 기교로 부활을 한 셈이다. 체격도, 얼굴도 달라져서인지 어릴 때 본 사람들은 누구라도 못 알아봤다.

"재인이 친구니까 옆에 앉아도 되겠지?"

뭐라고 답을 해야 할지 생각할 때였다.

"같은 학교?"

여자가 둥근 눈썹 산을 치켜세우며 물었다. 비염 때문에 끝이 울리는 독특한 콧소리를 듣자 마음이 내려앉았다.

"안 들리니? 아, 이어폰을 했구나."

물론 장식이다. 동시에 '대화 사절'을 가장 효과적으로 드러내는 장치였다. 지금도 이어폰을 하고 있을 뿐 노래는 틀지 않았다. 순간 귀에 바람이 일었다. 상황을 모르는 여자가 "잠깐이면 돼."라며 내 귀의 이어폰을 빼버렸기 때문이다.

"어, 어."

버벅거렸지만, 이내 정신이 들었다. 나는 여자의 손에서 남은 이어폰 한쪽을 낚아챘다. 최대한 인상을 쓰면서. 지켜보던 재인이가 끼어들었다.

"지수야, 사장님이셔."

나는 고개만 까딱했다. 인사를 하는 것도, 안 하는 것도 아닌 시늉이었다. 여자가 이어폰을 채간 손에 힘을 주고 있는 걸 안 순간, 그녀를 똑바로 응시했다. 여자가 고개를 갸웃거렸다.

"혹시 우리 만난 적 있니?"

긴가민가한 눈치였다. 나는 대답 대신 고개를 돌렸다. 그리고 이어폰으로 귀를 막았다.

여자가 대수롭지 않게 내뱉었다.

"갱년기라서 그런가. 기억력이 오락가락하네."

나는 최대한 목소리를 드러내지 않고 인상을 썼다. 그럴 때마다 고등학생 미간에 팔자 주름이 생겼다고 아빠가 잔소리했다. 하지만 대부분 어른은 내가 그런 표정을 지으면 더 이상의 훈계나 권고를 끝냈다. 가뜩이나 또래에게 허용되는 이상의 화장을 하고 다니던 참이었다. 나는 껄렁한 갑옷에 어울리는 험한 말만 골라서 했다. 욕과 화장은 말하자면 '건드리지 마세요'라는 의지를 담은 보호색이었다.

물론 한심한 눈빛으로 보는 사람도 많았다. 어쨌든 무서운 아이, 또는 위험한 아이로 보이면 좋은 점도 있었다. 누구든 가까이 오지 않았다. 심지어 미리 알아서 피해 준다는 것. 덕분에 귀찮은 일이 줄었다. 사람과 관계를 맺는 건 성가신 일이니까.

나는 입안에 있던 얼음을 와그작 깨물었다. 재인과 여자는 얘기하느라 정신없었다. 그사이 꽃수레를 나와버렸다. 가게 밖에서도 여자의 목소리가 환청처럼 들렸다.

- 혹시 우리 만난 적 있니? 혹시 우리 만난 적 있니? 혹시 우리 만난 적 있니?

이어폰의 볼륨을 끝까지 올렸다. 그럴수록 목소리는 귓속으로 파고들었다. 짜증이 올라왔다. 누군가 두 손으로 가슴팍을 짓누르는 것 같았다. 어디론가 숨고 싶다.

불행하게도 이 세상에는 나만 아는 아늑한 곳이란 존재하지 않았다.

02
내 인생의 불청객들

"할 말이 있어."

그날 밤, 느닷없는 말에 아빠는 놀란 표정이었다.

"어쩐 일이냐. 말을 다 걸고."

"그 여자 봤어."

안 그래도 쏟아질 것 같은 매부리코를 앞으로 잔뜩 모으고 아빠가 물었다.

"누구?"

"그 여자."

아빠는 얼굴의 모든 근육을 찌푸렸다. 웬만한 충격으로는 나오지 않는 표정이다. 가뜩이나 우락부락한 얼굴이 금세 오랑우탄처럼 변했다. 오랑우탄은 천천히 호모 사피엔스로, 그러니까 모지수의 아빠이자 변호사 모근우로 돌아왔다.

"한주연?"

아빠의 입에서 여자의 이름이 살아났다.

"……."

"확실해?"

"……."

"어디서 봤냐."

"동네."

아빠는 고개를 떨구었다.

"운명인가 봐?"

내 이죽거림에 아빠는 또 한 번 콧잔등을 찡그렸다.

"우연히 본 거냐."

나는 고개를 끄덕였다.

"닮은 사람 아니고? 확인은 해 봤어?"

확실한 사실도 여러 번 확인하는 건 아빠의 오래된 직업병이었다. 나는 재인이네 가게에서 봤다는 말만큼은 하지 않았다.

아빠의 표정이 묘하게 일그러졌다. 체념도, 그렇다고 반가움도 아닌 것 같았다. 얼굴의 잔주름들이 느릿느릿 서로 엉키어 뒤틀렸다. 타닥. 아빠는 기어이 숟가락을 놓았다.

"애틋해서 못 봐주겠네."

더 센 표현이 없을까 고민했지만, 튀어나온 말은 그 정도였다.

"팍 늙었더라."

"……."

"그런 늙은 여우한테 홀려서."

아빠가 언성을 높였다.

"말하는 모양새가 왜 그따위냐! 언제 사람이 될래?"

"사람이 아니면 뭔데?"

나도 지지 않고 맞섰다. 아빠가 노려봤다. 그 바람에 아빠의 코끝에 걸친 안경이 씰룩거렸다. 아빠는 입을 닫았다. 내 비아냥만이 온기 없는 거실의 무거운 공기가 되어 가라앉았다. 아빠가 잠바를 걸쳐 입고 나갔다. 돌아왔을 땐 아빠에게서 끊었던 담배 냄새가 올라왔다.

아빠는 그동안 여자를 부지런히 찾아다녔다. 반대로 난 여자가 완전히 사라졌기를 기도했다. 내 엄마가 영영 사라진 것처럼 여자도 우주 밖으로 꺼졌기를 바랐다. 그런데 사건, 사고란 늘 예상 밖이다. 우주 밖으로 사라지기는커녕 다시 내 삶에 침범할 줄이야.

허락도 없이 내 인생에 적극적으로 끼어들더니 제멋대로 사라지고는, 언제 그랬냐는 듯 다시 마주쳤다. 심지어 절친의 알바 가게에서.

우리는 무슨 인연일까. 도대체 무슨 까닭으로 만나게 된 걸까.

나는 여자와 쉬지 않고 싸웠다. 한때 여자와 같이 살던 시절의 이야기다.

어느 날, 여자가 울면서 집을 나갔을 때 아빠는 대수롭지 않게 여긴 모양이었다. 평소처럼 동네 한 바퀴를 산책한다고 생각했을지도 몰랐다. 하지만 여자는 끝내 돌아오지 않았다. 확신하건대 나 때문일 것이다.

나는 한 번도 여자를 새엄마라고 부르지 않았다. 새엄마라는 존재가 나빠서가 아니었다. 엄마에게 그 여자가 했던 행동 때문이다.

"아빠 여자야. 내 엄마 아니라고!"

따지던 내게 아빠는 손을 올렸다. 맞은 부위가 불에 덴 것처럼 뜨거웠다. 눈앞에 왔다 간 손길이 아빠라니 믿기지 않았다. 그동안 소설책에서 읽었던 모멸감이나 치욕, 배신감 따위의 단어가 무슨 뜻인지 깨달았다. 짧다면 짧고, 길다면 긴 내 인생에서 자존감이 무너지던 몇 안 되는 순간이었다. 아빠는 담배를 물며 밖으로 나갔고, 여자는 내 뺨을 어루만지며 눈물을 글썽였다.

그날 이후 여자는 대체로 친절했다. 하지만 이따금 감정이 날뛰는 날도 있었다. 그럴 때마다 번번이 내게 트집을 잡았다. 진후를 그만 만나라며 닦달할 때도 그랬다. 타투를 했다는 이유, 그게 다였다. 그래 봤자 곧 이사 갈 동네 친구였는데.

"벌써 남자 친구 사귀는 건 좀 그렇지 않니?"

"왜요?"

"진후는 학교도 쉰다며. 팔에 문신은 또 뭐니."

"아줌마는 아빠 사귀면 되고, 난 안 돼요?"

여자가 언짢은 표정을 지었다.

"세상에. 넌 그런 못된 말투가 누굴 닮아서 그러니? 아빠를 닮은 것 같진 않고."

꼭 그렇게 엄마를 걸고넘어지는 버릇이 있었다.

"오냐오냐 봐주니 안 되겠어. 너, 아직 미성년자야."

나는 여자가 그렇게 나올 때 제일 짜증이 났다. 걱정하는 척, 좋은 어른인 척, 더 나아가 엄마인 척하는 게 보기 싫었다.

"아줌마 말 녹취해서 진후 엄마한테 줘도 되죠?"

녹취. 증거. 압수수색. 그건 평소에 아빠 입에서 쏟아지던 단어였다. 나는 모 변호사의 전문 용어를 달달 꿰며 어른 흉내를 냈다. 어떻게 하면 여자의 화를 돋울까 연구한 끝에 터득한 말투였다. 여자는 입을 벌린 채 기가 막힌다는 표정을 지었다.

"말하는 것 좀 봐. 세상에, 이게 어른이지, 애야?"

여자는 말을 끊고 자세를 바르게 고쳐 앉았다. 그리고 벌게진 얼굴로 심호흡했다. 잠시 후 여자가 짐짓 어른으로서의 권위를 연출하려는 듯 근엄한 표정을 지었다. 날카로웠던 여자의 말투가 천천히 누그러졌다.

"입은 비뚤어졌어도 말은 바로 하자. 이건 양육자로서 올바른 관심이고 훈육이지. 어떻게 학대니?"

여자는 부드럽게 내 어깨를 잡았다. 어느새 평정심을 찾은 얼굴이었다.

"지수야, 네가 잘못된 길을 가는 걸 원치 않아. 공부는 안 해도 좋아. 일부러 못되게 그러지 마. 그렇게 모든 일에 화를 내면 너만 힘들어."

예측하지 못한 여자의 반응이었다. 단정한 말투는 부드럽기까지 했다. 교과서 같은 대사였지만, 죄다 맞는 말이었다. 나는 여자의 까만 눈동자에 맞서며 눈으로 쏘아붙였다.

'그래서 뭐 어쩌라고요?'

여자도 가만히 나를 응시했다. 그녀의 눈 안에 또 다른 내가 서 있었다. 여자가, 아니, 여자 안의 내가 나를 향해 되물었다.

'너야말로 뭘 어쩔 건데?'

졸지에 대든 내 꼴만 우스워졌다.

나는 여자에게 진 기분이었다. 하지만 이대로 지고 싶지 않았다. 엄마를 위해서였다. 들릴 듯 말 듯 한 소리로 그 말을 내뱉은 건 완전히 의도적이었다.

"자기 애도 두고 온 사람이 남을 사랑한다고?"

여자의 얼굴이 흙빛으로 변했다. 그리고 질린 표정으로 나를 바라봤다.

여자와의 싸움은 언제나 상대의 아킬레스를 건드려야 끝나는 싸움, 혹은 그때야 비로소 진짜 시작되는 싸움이었다. 이만하면 성공이다. 역시, 센 상대를 만나면 더 세게 나가면 된다. 〈미친놈을 만나면 더 미친놈처럼〉 그건 친구들과 싸우면서 깨달은 진리였다. 말하자면 모지수 인생 표어랄까.

나는 마음속으로 승리의 브이를 외쳤다. 하지만 승부는 제삼자의 개입으로 종종 뒤집혔다.

논쟁이 있을 때마다 아빠는 쏜살같이 나타났다. 그리고 여자의 법적 보호자 역할에 충실했다. 그 시절의 아빠는 한 번도 내 편이 되지 않았다. 아빠를 원래 싫어했지만, 그런 아빠의 모습을 보는 건 힘들었다. 차라리 친아빠가 아니라면 좋겠다고 생각했다.

이따금 아빠의 감정이 격해지면 손이 올라왔지만, 그것만큼은 여자가 말렸다. 그럴 때 보면 피가 물보다 진하다는 말도 다 뻥이다. 어른들이 지어낸 희망 사항일 뿐.

여자를 어르고 달래는 위로가 뒤섞여 아빠의 낯선 얼굴을 만들었다. 그 표정을 나만 본 게 다행이었다. 엄마가 봤다면 피가 거꾸로 솟았을지도 모른다.

여자는 아빠 앞에서 "지수가 예민한 시기라서 그러니 당신은 이해해 주세요."라며 착한 표정을 지었다. 덕분에 언제나 아빠에게 법적 용어가 섞인 연설을 강제로 들어야 했다.

언젠가부터 그런 밤이면 배가 고팠다.

분명 저녁을 먹었는데 허기가 솟구쳤다. 배가 고파서 견딜 수 없었다. 허기는 다음 끼니까지 참지 못하고 바로 음식을 먹어야 할 만큼 급했다. 나는 주방 구석구석과 냉장고를 마구 뒤졌다. 오직 음식을 먹기 위해서 존재하는 사람처럼.

속은 더부룩했으며, 멀미하는 것처럼 메스꺼웠다. 손에 닿는 대로 먹고 나면, 금방이라도 음식물이 넘어올 것 같은 구역감이 들었다. 음식이 들어갈 수 없는 한계가 오면 변기를 잡고 토했다. 욕실 바닥에는 괴물의 콧물같이 끈적거리는 토사물 범벅이었다. 결국, 모든 걸 토해야 겨우 마침표를 찍는 고약한 허기였다.

방학이 되면 시골 별장에 불청객이 왔다.

여자의 딸이었다. 별장이라고 해 봐야 할아버지가 돌아가신 뒤 조금 고친 한옥에 불과했지만, 그 아이는 무척이나 좋아했다.

나와 동갑인 딸은 눈치도 없이 살갑게 굴었다. 영 못마땅한 아이였다.

그러니까 해윤이가 처음 별장에 온 날이었다. 녀석은 고택이 신기한지 기둥마다 쳐다보며 귀찮게 물어댔다.

"지수야, 넌 이런 데서 놀았구나. 부럽다."

나는 들은 척 만 척했다. 녀석이 다가와 어깨동무를 했다.

"뒷산에 야생 보리수도 있다며? 우리, 열매 따러 가지 않을래?"

나는 쳐다보지도 않고 대꾸했다.

"네 엄마랑 해."

해윤이는 다시 한번 졸랐다.

"그거 그리고 싶어서 그래."

"네 엄마랑 가라고."

"혹시 나한테 화난 거 있어?"

"야. 눈치 탑재 좀 할래? 주제도 모르고 놀러 와서 돌아다니고 싶냐?"

"……."

"미대 간다며. 그림이나 쳐 그려."

듣고 있던 해윤이의 얼굴이 금세 어두워졌다.

"넌 무슨 말을 그렇게 막 해. 휴……."

해윤이의 가느다란 숨결이 흔들렸다.

"저기……. 우리 엄마가 혹시 너한테."

"뭐?"

"아, 아니다."

해윤이는 입을 다물었다. 두껍게 쌍꺼풀이 진 큰 눈에 금방이라도 눈물이 고일 것 같았다.

그래도 해윤이는 참으로 속이 없는 아이였다. 하룻밤이 지나면 언제 그랬냐는 듯

"어른들 일은 어른들 일이고, 우린 친하게 지내자."라는 착한 대사를 읊곤 했다.

그 여자의 반듯한 표정이 해윤의 얼굴에도 있었다. 그럴수록

나는 더 삐딱하게 굴었다. 여자의 딸이라는 이유로.

"난 그럴 생각 없으니까, 꺼져."

해윤이는 그런 나를 안쓰럽게 쳐다봤다. 마치 너를 이해한다는 듯 자비로운 눈빛으로. 내가 아무리 까칠해도 손을 내미는 희한한 아이. 그럴수록 나는 대놓고 집주인의 횡포를 부렸다.

여자는 일 년 뒤에 해윤이를 데려오기로 약속했다. 진정한 가족의 완성을 위해서. 지금은 어쩔 수 없는 상황이라서 떨어져 산다는 결론이었다.

진정한 가족이기로 결심했다면 어려울수록 같이 살아야 하는 게 아닌가? 딸이라면, 아무리 힘들었어도 처음부터 데려왔어야 하는 거다. 그걸 믿는 해윤이가 바보 같았다. 어른들의 계획을 순진하게 믿다니.

어떻게 보면 해윤이도 불쌍한 아이였다. 화가가 꿈이라며 종일 그림을 그리던 아이. 엄마와 떨어져 살면서 부모의 뒷바라지가 절실한 꿈을 꾸다니……. 그런 해윤이가 오는 날이면 여자의 볼에 발그레 생기가 돌았다.

가끔 여자가 잘해주면 의지가 약해질 때도 있었다. 아빠의 여자가 아니었다면 나쁘지 않다는 생각이 드는 날도 있었다. 그럴수록 마음을 다잡았다.

여자를 이 집에서 내쫓아야 한다. 아빠가 사랑하는 여자를 내쫓는 건 두 사람을 동시에 괴롭힐 수 있는 최적의 방법이었다. 그리고 엄마의 딸로서 내가 할 수 있는 정당방위다.

아무리 생각해도 아빠와 그 여자는 행복하면 안 된다. 적어도 엄마의 손길이 묻어 있는 이 집에서. 엄마가 젊음을 바쳐서 마련한 보금자리를 여자가 느닷없이 뺏어도 안 된다. 가능한 둘이서 지칠 때까지 싸우면 좋겠다. 결국, 서로의 만남을 후회하고 상대를 저주하며 인생을 좀내면 더할 나위가 없겠다.

나는 둘의 분란을 위해 사춘기를 바쳤다. 그리고 틈만 나면 시비를 걸었다. 따지고 보면 복수는 가끔 삶의 의욕을 부채질하는 엔진 같았다. 어차피 되고 싶은 것도, 하고 싶은 것도 없는데, 당장 할 수 있는 일이 있는 게 다행이었다.

나의 노력은 길지 않은 시기에 결실을 보았다. 심지어 그토록 바라던 형태로 완전하게 이루어졌다.

여자가 집을 나간 것이다!

여자가 나간 뒤 싱크대 서랍 안에서 쪽지를 발견했다. 쪽지를 보던 나는 내 눈을 의심했다. 사랑하는 모근우 씨에게 보낸 게 아니었으니까. 하필 원수 같은 딸에게 보내다니. 아무리 찾아봐도 쪽지는 그게 다였다.

- 지수야. 잘 지내. 너는 너대로 행복하게 살아.

거짓으로 건네는 말 같진 않았다. 도망가는 주제에 남의 행복을 빌어주다니.

'자기가 수녀님이야 뭐야?'

여자의 오지랖에 쓴웃음이 났다. 하지만 의문이었다. 왜 아빠에게는 한 줄도 남기지 않았을까. 그럴 거면서 엄마한테 왜 그랬을까. 어째서 죽고 못 살 어른들의 사랑은 하루아침에 끝이 난 걸까. 나는 종이 속의 글자를 오래도록 쳐다보았다. 진한 글씨도 아닌데 '행복'이란 글자가 눈에 띄었다. 행복. 입 밖으로 소리 내어 읽었다. 행복하게 지내라고? 행복이 뭔데? 나도 모르게 억울한 기분이 밀려왔다.

그렇게 원하던 여자의 항복치고는 시시했다.

물론 목적을 이룬 즈음에는 약간의 홀가분함이 있었다. 하지만 기쁨의 축배는 오래가지 않았다. 날이 갈수록 아빠는 폐인이 되었기 때문이다. 그동안 아빠의 고통에 무관심한 딸이었지만 이번만큼은 달랐다. 아빠는 일까지 쉬고 방황을 했다. 아파트 관리비가 밀리고, 내 용돈도 깜빡하기 일쑤였다. 불편하고 짜증이 났다.

집에는 알코올 냄새가 진동했다. 아빠는 온 세상을 잃은 사람처럼 엉망진창이었다.

엄마가 떠났을 때도 못 보던 모습이다.

나는 폐인이 된 아빠를 보며 생각했다.

아빠의 전부를 뒤흔드는 사랑이 다가왔던 건, 알고 보면 아빠의 남은 시간을 망치러 온 것밖에 안 되는 것일까라고.

참으로 알 수 없는 어른들의 복잡한 세계였다.

03
훈이 아저씨

다시 증세가 나타났다.

아무렇지 않은 것 같았는데 몸이 먼저 말을 걸었다.

지금 나는 몸이 아픈 걸까, 마음이 아픈 걸까, 아니면 둘 다 아픈 걸까. 그 행동들이 심각한 증세라는 건 병원에서 알게 되었다. 하지만 거짓말처럼 사라졌는데……. 쉬었던 학교도 무사히 다녔고, 친구들과의 사건도 없었으며, 잠도 그럭저럭 잘 잤으니까.

여자를 만났던 즈음 허기가 찾아왔다.

참을까 말까 고민하기 전에 싱크대 서랍을 열었다. 가지런히 정리된 라면 중 매운맛이 눈에 띄었다. 나는 라면을 꺼내서 마구잡이로 부수었다. 우둑우둑. 스프가 뿌려진 생라면을 씹으니 살 것 같았다. 라면 부스러기들이 식도에서 내려가기 전에 다시 크림빵 포장을 뜯었다. 달고 느끼한, 강렬한 뒷맛이 끝내줬다. 냉장고 문간에 있던 민트 초콜릿은 한 입 거리도 되지 않았다. 그것도 부족해서 냉동 핫도그를 데워 입속에 마구 욱여넣었다. 끝난 줄 알았던 맛의 탐닉은 지금부터 본격적인 시작이었다.

밥통을 열었다. 한 주걱의 밥이 남아 있었다. 나는 입안이 비면 큰일이라도 나는 사람처럼 밥알을 삼켰다. 몇 가지 음식을 먹는 데에는 단 삼십 분도 걸리지 않았다. 나는, 나를, 완전히, 제어할 수 없었다.

목구멍까지 음식이 차서 토할 것 같았다. 그래도 허기는 사라지지 않았다.

음식의 질감을 느낄 새도 없이, 차근차근 씹는 시간마저 아까워서 마셨다. 소화 기관은 한 시간을 못 버티고 토해냈다. 게워낼수록 시큼한 냄새가 집안에 퍼졌다. 한바탕 토하고 나면 식도의 털이 죄다 거꾸로 솟은듯한 이물감이 들었다. 동시에 알 수 없는 허탈함, 나 자신에게 지고 말았다는 패배감이 온몸을 짓눌렀다. 흘러나온 침을 닦고 있자니 바닥까지 기분이 가라앉았다.

먹고 난 다음에는 기절하듯 잠이 쏟아졌다.

밤 열 시에 잠들었는데 눈을 떠 보니 다음날 정오였다. 그런 딸을, 아빠는 물끄러미 쳐다봤다. 그리고 설교 대신 학교에 체험 학습 보고서를 내고, 배달 음식 연락처를 머리맡에 놓아주었다. 고맙지는 않았지만, 잔소리하지 않는 건 다행이었다.

세 번째 보고서를 제출하는 날. 말 많은 담임의 집요한 전화 때문에 체험 학습은 거짓말이란 게 드러났다. 담임은 조심스럽게 진료 서류를 요구했다. 그래야 병결 인정이 된다고. 그렇지 않으면 어쩔 수 없이 직접 지수를 봐야겠다고 무려, 통보했다. 21세기에 가정 방문이라니. 세상 귀찮은 협박이었다.

아빠는 걱정스러운 얼굴로 제안했다.

"훈이 한 번 찾아가."

"싫어."

"훈이 때문에 고쳤잖아."

"고치긴 뭘. 또 그러는데."

아빠가 천천히 내 눈을 응시했다. 마치 내가 하고 싶은 말은 백 가지인데 한 가지만 묻겠다는 결연한 표정이었다.

"뭐가 문제냐?"

"문제없어."

"그 사람 때문에 그러는 거냐?"

아빠를 빤히 봤다. 그런 말을 묻는 아빠가 다른 사람 같았다.

"무슨 상관이야?"

"훈이 정도면 능력 있는 정신과 의사다."

"안 가."

아빠의 얼굴이 굳었다.

"너 그러다가,"

꿀꺽. 아빠의 목젖이 아래위로 움직였다.

"언젠가 엄마처럼……."

아빠는 말끝을 흐렸다. 굳게 닫은 입꼬리가 턱 아래로 처졌다.

아빠의 단호한 입매를 보니, 뒷말은 하지 않아도 알 것 같았다.

우리는 동시에 말을 멈췄다. 그건 하면 안 되는 얘기였다. 우리가 아무리 서로 으르렁댈지라도 유일하게 합의한 게 있었다.

'어떤 일이 있어도 엄마 얘기는 하지 말자'라는 무언의 약속이었다.

고요한 마음 의원.

정갈한 철제 간판이 정 훈 원장님을 닮았다.

백발의 할머니 한 분, 빼빼 마른 아주머니 한 분이 대기석에 앉아서 서로를 티 안 나게 흘끔거렸다. 나는 둘 사이에 자리 잡고 앉았다. 한 시간을 기다린 탓에 좀 지쳐 있을 때였다.

"모지수 님, 진료실로 들어가세요."

진료실 손잡이엔 예쁜 손글씨 스티커로 '마음의 문을 여는 손잡이'라고 적혀 있었다. 피식 웃음이 났다. 훈이 아저씨다운 따뜻한 디테일이었다.

"안녕하세요."

아저씨가 웃었다. 못 본 사이 흰 머리가 부쩍 늘어 있었다.

"어서 와 지수야. 잘 지냈어?"

"네."

"요즘 어때?"

"……."

"공부는 여전히 취미 없지?"

"……."

"그래, 싫으면 하지 마. 먹는 건 좀 어때?"

"또 그래요."

"언제부터?"

"일주일 전요."

"무슨 일이 있었니?"

"……."

"괜찮아, 말해 봐."

"그 여자를 봤어요."

아저씨의 표정엔 감정적 동요가 하나도 없었다.

"그랬구나. 그래서 아빠가 걱정했구나."

아저씨는 아빠보다 다정한 눈빛과 목소리로 물었다.

"지수야, 그 사람을 보니 어떻든?"

"모르겠는데요."

"어떤 마음이 들었어?"

무슨 말을 해야 할지 몰라서 가만히 있었다.

마음을 설명하는 건 늘 어려운 일이다. 그날, 꽃수레에서 나는 어떤 마음이었더라. 놀랍다가 화가 났던 것 같다. 왜, 무엇 때문에 그런지 모르겠지만 아무튼 알 수 없는, 오래된 화가 치밀었던 것 같았다고 털어놓았을 때였다.

"폭식이 재발한 건, 힘들었단 얘기야."

"……."

"감정적인 배고픔의 밑바탕엔, 복수심도 있거든. 게다가 마음이 허전해서 자꾸만 채우고 싶은 증세인데, 어쨌든 정말 배가 고파서 먹는 건 아니란 걸 알지?"

"……."

"그때처럼 잠도 많이 오니?"

"그런 것 같기도 하고 아닌 것 같기도 해요."

"다시 약 먹어볼까?"

"네? 약을 먹어야 할 정도예요?"

"먹어보자."

"……."

"지수도 다시 약 먹는 걸 생각했을 것 같은데?"

알지만 인정하기 싫은 말이었다.

"괜찮다가, 이번처럼 비슷한 상황이 오면 재발하거든. 감기약이라고 생각하고 먹자."

약을 먹는 건 어렵지 않았다. 그게 내 기분을 조금이라도 좋게 한다는 사실은 안다. 그래도 선뜻 먹겠다는 대답이 안 나왔다. 왠지 약을 먹으면 정말 내가 '아픈 사람'이 되었다는 낙인을 찍는 것 같아서 힘이 빠졌다.

"이번에도 몇 달 먹어요?"

"그러면 좋겠지?"

"지난번에도 자꾸 까먹어서 먹다 말다 했는데……."

아저씨가 눈썹을 살짝 찡그렸다.

"안 돼. 약은 잘 관리해야 해. 먹을 때도 조금씩, 끊을 때도 서서히. 알지?"

한숨이 나왔다.

"생각해 볼게요."

"그래, 고민해 봐."

조금 뒤 아저씨가 메모지에 뭔가를 쓰더니 건넸다.

"참. 시간이 괜찮다면 여기 한번 가볼래?"

"뭔데요?"

"상담 비슷한데 상담은 아니고. 봉사 모임이야. 도움이 될 거야."

아저씨가 어깨를 으쓱했다.

상담이라면 몇 번 받았다. 학교 위클래스에서도, 대학병원에서도. 하지만 어쩐지 속마음은 말하고 싶지 않았다. 아니, 그러기도 전에 그만두었다고 말하는 게 더 정확하다.

깐깐한 여자 선생님은 상담 안에 이따금 훈계를 섞었고, 대머리 교수님은 내 말을 끊으며 의학지식을 읊었던 기억이 떠올랐다. 공감 대신 비난받는 기분이 들었던 기억까지도.

"별로던데요."

"성당 봉사자가 이끄는 자조 모임인데, 가 봐."

"그게 뭔데요?"

"같은 처지인 사람들이 모여서 이야기하는 모임이야. 바람이나 쐬고 와."

"저처럼 많이 먹는 사람들 모임이라고요?"

훈이 아저씨가 껄껄 웃었다.

"도움이 되면 좋겠다."

아저씨는 나를 빤히 보며 말했다. 아저씨의 코끝이 조금 빨개졌다. 아저씨가 다정하게 말했다.

"지수야, 우리는 네가 행복하면 좋겠어. 걱정하지 마. 이번에도 다 지나갈 거야."

우리라면 누굴 이야기하는 걸까. 엄마, 아빠 그리고 어른들을 대표하는 걸까. 어쨌든 그건 의사로서 하는 이야기가 아니라, 아빠의 오래된 친구로서 하는 이야기 같았다.

메모지에는 한쪽 획을 꺾어 쓴 정성스러운 글씨가 있었다.

〈햇살 속으로 직진/ 은유정 상담사/ 010- 000 - 0000〉

"갈 거야?"

"얼마나 가는 건데요?"

"한 달에 한 번, 일 년. 꾸준히 다니면 제일 좋은데."

"뭐가 그렇게 길어요?"

"놀러 가는 셈 쳐."

나는 장난스럽게 물었다.

"여기 가면 아저씨가 저한테 뭘 해 주실 건데요?"

아저씨가 씩 웃었다.

"뭘 해 줄까? 지수가 해 달라는 거 다 해주지 뭐?"

피식 웃음이 터졌다. 밥도 칠천 원짜리 이상은 안 먹는 짠돌이가 웬일이람.

"진짜 뭐든지?"

"응. 안 그래도 지난번 생일 선물을 못 줬잖아. 가고 말고는 네 맘이고, 모임과 상관없이 아저씨가 주고 싶어서 그러니까, 일단 말해 봐."

"적어도 오십만 원은 준비하셔야 할 텐데요?"

아저씨의 눈동자가 미세하게 흔들렸다.

"으, 응?"

"해피나이스 신상요."

"그, 거지 같은 운동화?"

나는 고개를 끄덕였다. 쓰레기통에서 갓 주운듯한 더러운 콘셉트의 운동화, 닳아서 구멍까지 뚫린 신발이 오십만 원이나 한다고 아빠는 허용하지 않았던 아이템이었다. 뭐, 그 정도는 이해한다. 꼰대들은 스웨그를 모르니까. 무조건 단정해야 옳은 줄 아니까. 하지만 의외로 아저씨가 쿨하게 맞장구를 쳤다.

"까짓거. 사주지 뭐!"

슬그머니 웃음이 났다. 나는 아저씨가 준 메모지를 가만히 쳐다보았다.

'햇살 속으로 직진?'

윽. 옛날 드라마 제목처럼 오글거렸다.

무슨 모임 이름이 이렇게 유치하냐며 속으로 좀 비웃었다.

04
은하수 회관 512호

은하수 회관은 찾기 쉬웠다.

별들이 촘촘히 그려진 돔형의 천장이 누가 보면 천문학 연구소라도 되겠거니 착각할만한 외관이었다. 페인트 벽이 군데군데 벗겨진, 꽤 낡은 건물이었다.

봉사자라는 은유정 상담사는 목소리만큼 단정한 외모였다. 칼 같은 일자 단발머리가 찰랑거릴 때마다 사각 턱이 드러났다. 그녀는 어정쩡하게 인사하는 내게 가지런한 이를 드러내며 웃었다.

"안녕하세요?"

텅 빈 목욕탕에서 말할 때처럼 주변이 울렸다.

"네."

"반가워요."

상담사는 처음부터 알고 지냈던 사람처럼 반가운 척했다. 나는 형식적으로 대꾸했다. 사실 처음부터 친절한 사람을 믿지 않는다. 그런 사람들이 끝까지 친절한 걸 잘 못 봤으니까.

상담사가 다가오더니 포옹을 했다. 나는 당황스러워서 엉거주춤 엉덩이를 뺐다. 그 바람에 우스꽝스러운 자세가 되었다. 그 모습을 본 은유정 상담사가 호탕하게 웃었다. 어쨌든 온 지 십 분 만에 이곳만의 방식으로 512호의 멤버가 되었다. 멤버들이라고 말하기도 어색한 게 너무 단출했다. 통통한 아주머니와 이십 대 남자 한 명이 다였으니까. 우리는 쭈뼛거리며 인사를 주고받았다. 눈이 마주치면 괜히 웃거나 딴청을 피우면서.

"안녕하세요? 제 소개부터 할게요. 저는 은유정이라고 합니다."

아줌마가 끼어들었다.

"뭐라고 부르면 됩니꺼?"

"은유정님? 자매님? 선생? 상담사님? 좋으실 대로 하세요."

"그라마 그냥 샘이라고 부르께예."

선생님이 한 명씩 돌아가며 자기소개를 부탁했다. 인상도, 덩치도 좋은 아줌마가 먼저 나섰다.

"안순애입니더."

그때 은유정 선생님이 웃음을 터트렸다.

"순애 자매님, 평소 목소리로 하세요."

은유정 선생님과 순애 아줌마가 눈을 마주치며 웃었다. 아줌마는 좀 전과는 달리 쩌렁쩌렁 울리는 목소리로 말했다.

"하이고 마, 그라까예! 작게 말할라니까 답답하네예. 지는예,

쉰 여섯이고예.”

아줌마의 침 삼키는 소리가 밖으로 새어 나왔다.

“유정샘, 이 정도면 평소보다 안 크지예?”

은유정 선생님이 활짝 웃어 보였다. 아무리 봐도 처음 본 사이 같지 않았다.

“아는 사이예요?”

은유정 선생님은 대답 대신 미소만 지었다. 순애 아줌마가 끼어들었다.

“샘한테 상담을 받은 적이 있습니더. 학생, 귀신이네예. 아는 티가 납니꺼?”

아줌마의 호들갑에 웃음이 터졌다. 은유정 선생님이 다음 차례를 지목했다.

“자, 다음 분?”

동그란 안경과 동그란 얼굴형, 스포츠형의 빡빡이 머리 남자가 말했다.

“네, 저는 진익수라고 합니다. 음……. 휴학을 하고, 음……. 병원에서 봉사활동을 하고 있습니다. 음…….”

똘똘해 보이는 외모와 달리 얼마나 느리게 말하는지 답답했다.

“다음은 지수 씨?”

“모지수인데요.”

"반가워요. 고등학생이죠?"

"네."

"끝이에요?"

"네."

은유정 선생님이 씩 웃었다.

"그래요, 여기 오신 여러분 모두를 환영합니다."

이어서 차분한 목소리로 되물었다.

"햇살 속으로 직진, 모임 이름을 듣고 어떤 느낌이 들던가요?"

순애 아줌마가 웃으며 말했다.

"기가 막힙디더. 쌤이 지었나봐예? 좋네예."

선생님의 눈이 반달 모양으로 휘었다.

이번엔 진익수 씨가 말을 이었다.

"음……. 직진이라는 말 때문에 당장 걸어야 할 것 같은 의무감이 드는데요?"

그 말에 우리는 또 한 번 웃었다.

"지수 씨는요?"

"촌스러워요."

은유정 선생님이 정리했다.

"다 맞는 말이에요. 기가 막히고, 의무감이 들며, 다소 촌스러운 이름이죠."

선생님은 잠시 말을 끊고 호흡을 다듬었다. 그리고 낭랑한 목소리로 천천히 읊었다.

"처음, 성당에서 이 모임을 통해서 봉사활동을 하기 시작했을 때, 걱정도 되었는데 한 해 한 해 할 때마다 느끼는 게 많았답니다. 모두 이렇게 용기를 내주셔서 감사합니다. 여기 오신 분들은 모두 같은 아픔을 지녔잖아요. 사랑하는 가족을 갑자기 떠나보내고도 마음껏 슬퍼하지 못하며 죄인으로 지내셨을 거예요. 하지만 이곳에서만큼은 아무것도 숨기지 않아도 됩니다. 슬프면 슬퍼해도 되고, 화가 나면 화를 내면 좋겠어요. 그래서 단 한 번이라도 위로받기를 바랍니다."

건성으로 듣다가 덜컥 마음이 멈췄다. 희한한 일이었다. '아무것도 숨기지 않아도 된다.'라는 말 때문이었다. 정확히 말하자면 오래된 마음을 들킨 느낌이었다.

"맞십니더. 넘들은 내가 유가족인지 잘 몰라예."

순애 아줌마가 머쓱한 듯 말했다. 옆에 있던 진익수 씨도 고개를 끄덕였다. 대놓고 맞장구를 치지는 않았지만 나도 그랬다. 그 순간 특별한 말을 하지 않아도 어떤 사람들인지 알 것 같았다.

이 사람들도 가장 소중한 누군가를 숨기고 산다는 사실을.

어디서든 가족에 대해서 자연스럽게 말을 할 수 없다는 것을.

희한한 일은 날카롭던 마음이 조금씩 편안해지기 시작했다는 사실이다. 존재 자체로도 위로가 되는 낯선 사람들이 세상에 있었다니. 나는 천천히 순애 아줌마, 진익수 씨를 둘러봤다.

역시 겉으로 봐서는 '아무 일 없었던 사람들'처럼 보였다. 그리고 우리는 정말 '아무 일 없었던 사람들'처럼 웃으며 인사를 나누었다.

은유정 선생님은 앞으로의 프로그램 내용을 소개했다. 꽃꽂이, 앨범 만들기, 일기 쓰기, 추억 나누기, 힐링 캠프, 애도 타임. 듣기만 해도 오글거렸다.

나처럼 시간이 남아도는 사람들이 보내기에 딱 좋았다. 내 특기는 멍때리기. 그러므로 대충 빈둥거리면 시간은 금방 갈 것이다. 어쨌든 나는 이곳에서 뭔가를 얻거나, 치유를 받을 거라는 기대는 없었다. 운동화를 득템하면 목표는 이룬 셈이니까. 물론, 아빠에게도 그에 상응하는 뭔가를 뜯어낼 것이다. 그러니 이곳에서의 시간에 의미 부여 따위는 하지 않을 테다. 무엇보다 나는 어른들의 위로 따위는 믿지 않는다.

내 계획은 초반부터 틀렸다.

모임에 참석한 지 두 달이 지났지만, 도무지 멍때릴 수 있는 시간은 없었다. 가뜩이나 은유정 선생님은 항상 나부터 지목했다.

"지수 씨, 오렌지색 헤어스타일 멋진데요? 이번 주는 어땠어요?"

"별거 없었는데요."

선생님의 눈을 빤히 보며 말했다. 오늘따라 빨갛게 충혈되어 있었다. 보는 나까지 덩달아 시린 눈이었다.

"그래요? 별일 없다는 건, 괜찮다는 뜻이겠죠?"

그때 누군가 헐레벌떡 문을 열었다. 진익수 씨였다.

"늦어서 죄송합니다."

그가 기름이 밴 종이봉투를 내밀었다.

"식기 전에 드셔야 맛있는데……."

순애 아줌마가 환호를 질렀다.

"아이고! 튀긴 건빵이 얼마 만입니꺼?"

거뭇거뭇한 기름에 설탕이 잔뜩 묻어 있는 건빵이었다. 봉투를 내미는 그의 콧등에 안경이 위태롭게 걸쳐 있었다. 지문이 제멋대로 번진 안경이 그날의 바쁜 일정을 말하는 것 같았다.

"목 막히죠. 물도 같이 드세요."

진익수 씨가 물을 따라서 전달했다. 그가 움직일 때마다 병원 특유의 소독약 냄새가 따라다녔다. 나는 건빵을 한입 문 채 물었다.

"입맛 대박 구려요."

그가 멋쩍게 웃었다. 아무리 봐도 신기했다. 언젠가는 일부러 구하기도 힘든, 건조하다 못해 가루가 될 것 같은 공갈빵, 부채꼴 모양의 눅눅한 전병을 사 온 적도 있었다.

"아이고 또 트집입니꺼."

진익수 씨라면 끔찍하게 챙기는 순애 아줌마가 나섰다. 그녀는 내 말을 자르며 밉지 않은 눈 흘김을 보냈다.

나는 순애 아줌마를 '진익수 스토커'라고 불렀다. 그를 쳐다볼 때마다 아줌마의 입술은 자동으로 올라갔다. 아줌마는 오늘도 건강식품을 풀어 놓으며 당부했다.

"끼니를 못 먹을 때가 많지예? 당직실에서라도 꼭 드셔야 합니데이."

"저는요?"

"지수 씨는 뺏어 먹지나 마이소."

그때 은유정 선생님이 노련한 말투로 정리했다.

"좋습니다. 다들 좀 드셨으니, 이제 본격 나눔을 시작해 볼까요?"

나는 '나눔'이라는 단어를 들을 때마다 오글거렸다. 은유정 선생님은 모든 대화를 '나눔'이라고 불렀다. 이야기를 주고받는 게 무슨 나눔인지는 모르겠으나, 하여간 이 세계만의 질서라고 했다. 그녀가 말하기를 '치유는 나눔 속에서 일어나는 것'이라나? 이름도 거창한 '치유'가 도대체 언제 어떻게 시작된다는 걸까. 아니, '치유'라는 게 이 세상에 있기는 있는 걸까.

비매품「자살유가족매뉴얼」책을 조심스럽게 건네받았을 때도 치유는 일어날 낌새조차 없었다. 처음 매뉴얼을 받았을 때 호기심에 한 장씩 넘겼다. 이론상 맞는 말이 친절하게 나열되어 있었다. 하지만 그렇게 한다고 치유가 될 것 같진 않았다.

'이걸 누가 몰라?'

뒤표지를 덮으며 집필진 이름을 훑어 내렸다. 이 중에서 자살 유가족인 사람이 있을까. 직접 당하지 않으면 모를 아픔을 어떻게 알아? 괜히 삐딱한 마음이 들었다.

그때 은유정 선생님이 차분한 목소리로 설명했다.

"오늘은 조금 특별한 나눔을 할 예정인데요, 떠난 분들을 모두의 앞에서 소개할 거예요."

이미 떠나고 없는 가족을 소개하라니? 소개는 살아 있을 때나 하는 게 아닌가? 당황스러웠다.

그날 이후의 엄마를 나는 소개해 본 적이 없다. 하는 수 없이 엄마 이야기를 해야 하는 순간이면 몸이 긴장했다.

은유정 선생님이 온화한 미소를 지었다.

"자유롭게 하시면 됩니다. 씩씩한 지수 씨 먼저 할까요?"

모든 시선이 내게 집중됐다. 나는 마른 입술을 축였다. 뭐라고 소개해야 할지 막막했다. 사람들의 눈이 어서 하라는 듯 부드럽게 재촉했다. 에라, 모르겠다. '그런 일'이 없었던 사람처럼 설명하면 되겠지, 뭐.

"우리 엄마는 짱이었어요."

사람들 사이에서 "와!"하는 감탄사가 터져 나왔다. 그제야 나는 차근차근 기억을 더듬었다.

엄마가 좋아했던 게 뭐였지. 괴롭도록 곱씹던 엄마의 끝이 아

니라, 살아 있던 시절의 엄마를 생각하는 순간이었다. 설명할 수 없을 정도로 이상한 기분이 들었다

"무용가였고. 클래식을 좋아했고, 물건이 흐트러져 있는 걸 못 참았어요. 가끔 설거지할 때 큰소리로 노래를 했는데, 늘 삑사리가 났고요."

'좋아해요'가 아니라 '좋아했어요'. '못 참아요'가 아니라 '못 참았어요'. 그러니까, 모든 문장이 과거형이란 걸 깨닫는 순간 목이 메었다.

다음은 순애 아줌마였다.

"우리 아들은 농구를 잘하고예, 진익수 씨 맨치로 피부가 뽀얗고 흰칠합니더. 그리 빨리 갈 줄 몰랐지만예."

아줌마가 담담하게 털어놓았다. 저렇게 평범해 보이는 아줌마가 자식을 잃었다니. 절로 한숨이 나왔다.

자식을 잃는다는 건 어떤 걸까. 자식을 잃은 사람이 더 슬플까, 부모를 잃은 사람이 더 슬플까.

아줌마의 목소리가 차분해서 더 슬펐다. 그에 비해 진익수 씨의 목소리는 조금 떨렸다.

"음 저희 아버지는."

그는 쉽게 말을 잇지 못했다. 부담스러울 정도로 고요한 침묵이 흘렀다.

"열심히 사신, 성실하고, 음……. 선한 분이셨습니다."

진 익수 씨는 헛기침 끝에 조금 힘을 실어 말했다.

"한 사람의 마지막이 아프다고 해서 음……. 살아온 모든 시간을 실패로 기억하고 싶지 않았는데 음……. 이런 시간을 주셔서 감사합니다."

나는 익수 아저씨를 다시 봤다. 뭐 저렇게 멋진 말을 하지? 그리고 뭐 저렇게 느려 터졌지? 아무튼 쿨한 말이었다.

뒤이어 이어지는 대화, 아니 나눔 안에서 지금은 없는 가족들이 몇 번이나 되살아났다.

내가 아는 슬픔을 똑같이 겪은 사람들이 있었다니. 반갑다고 말하면 안 될 것 같은데 솔직히 반가웠다.

모임이 끝날 때쯤, 은유정 선생님이 눈웃음을 지었다.

"어제 별을 가져다준 그대 보셨어요? 박건호 왜 그렇게 멋져? 내 스타일이야."

순애 아줌마가 웃으며 말을 받았다.

"샘도 그거 봅니꺼. 나도 푹 빠졌다 아입니꺼. 뭔 남자가 그렇게 잘생겼능교. 우리 진익수씨하고 똑같이 생겼대예."

푸핫. 웃음이 터졌다. 그윽한 박건호와 뱁새눈의 익수 아저씨가 동급이라니. 그때 샘이 말했다.

"다음 주는 공휴일, 한동안 못 뵙네요. 저는 지수 씨가 특히 보고 싶을 예정인데, 여러분들은 누가 제일 사무치게 보고 싶을 예정이에요?"

순애 아줌마가 화통 삶아 먹은 목소리로 받아쳤다. 그 바람에 상담실 벽이 쩌렁쩌렁 울렸다.

"샘예, 단어 선택이 쪼매 거시기하다 아입니꺼."

선생님이 의아한 얼굴로 되물었다.

"네?"

"사무치긴 뭐가 사무칩니꺼."

순애 아줌마의 얼굴에서 웃음기가 사라졌다. 샘의 얼굴에서도 부드러운 미소가 사라졌다.

"그, 그런가요. 농담인데. 죄송해서 어쩌지요?"

"아닙니더. 농담에 발끈한 제 잘못이지예. 갱년기라 그런지 툭 하면 욱한다 아입니꺼. 이해해 주이소."

아줌마는 은유정 샘을 들었다 났다 했다. 모두 멋쩍게 웃었다.

멈췄던 주변의 공기가 다시 움직였다. 그러고 보면 우리는 정말 비슷한 사람들이었다. 겉으로 괜찮은 것 같아도 말 한마디에 뾰족하게 구는 것마저도.

'사무친다' 말. 그건 우리 사이에 또 하나의 금기어로 등록됐다. 사무치는 대상은 모두 달라도 그들이 닿아 있는 곳은 같으므로.

이곳과는 차원이 다른 시공간, 그러니까 훈이 아저씨가 말했던 신의 영역.

평생 가고 싶어도 갈 수 없는, 또 살아서는 절대로 닿아서는 안 되는 다른 세상.

　우리는 웃고 떠들다가도 '사무친다.'라는 단어 하나에 별안간 어두워지는 사람들이었다.

　남은 자의 슬픔은 그렇게 시도 때도 없이 사소한 변덕을 부리는 모양이었다.

05
야외 수업하던 날

날씨가 넘치게 좋았다. 몸에 붙지 않을 만큼의 마른 바람, 적당한 햇살, 습기라고는 하나도 머금고 있지 않은 것 같은 구름. 은유정 선생님이 느닷없이 '야외모임'을 제안했다.

순애 아줌마가 들뜬 목소리로 말했다.

"소풍 갔던 생각이 나네예. 익수 씨는 기억 납니꺼?"

진익수 씨가 침을 삼켰다.

"네."

아줌마와 눈이 마주쳤다.

"지수 씨는예? 집에서 싸 준 도시락이 젤로 맛있지예?"

달리 할 말이 없었다.

"잘 모르겠는데요."

"와예. 내 맨치로 분식집 거 사줬습니꺼?"

아줌마가 껄껄 웃었다.

엄마의 도시락.

여섯 글자에 나는 말문이 막혔다. 엄마의 도시락을 언제 먹었지. 정갈한 꼬마 주먹밥과 소떡소떡은 엄마의 시그니쳐 메뉴였는데.

소풍 때마다 챙겨 갔던 분홍색 도시락이 떠올랐다. 엄마가 떠난 뒤 도시락은 주방 어딘가에 처박았다. 도시락과 함께 소풍의 추억도 영원히 처박혔다. 이후의 소풍은 아빠가 돈으로 해결했다. 여자가 김밥을 싸 준 적도 있었다. 나는 낯선 김밥을 앞에 두고 목이 메었다. 여자의 김밥을 먹을 때마다 엄마의 도시락이 떠올랐다. 결국, 목이 막혀서 젓가락을 들 수 없었다.

그토록 정성스럽게 주먹밥을 싸던 엄마는 어디에 있을까? 콧노래를 부르며 꼬치를 꿰던 엄마는? 생각은 꼬리를 물고 폭풍처럼 휘몰아쳤다. 나는 마음속으로 외쳤다. '생각 중지.' '생각 그만'. 머리가 아플 때는 그 방법이 최고였다. 그러면 정말 생각이 정지했다.

"와, 멍때리능교."

순애 아줌마가 팔을 치는 바람에 정신이 들었다. 이럴 땐 화제를 돌리는 게 제격이다.

화살은 엉뚱한 진익수 씨에게 향했다.

"오늘은 구린 간식 없어요?"

"바빠서 그냥 왔는데, 근처에 뭐라도 있지 않을까요?"

순애 아줌마가 두 팔을 걷었다.

"그라마 아직 시간이 좀 있으니까, 산책 겸 찾아볼까예?"

그 말에 다 같이 공원을 반 바퀴쯤 돌았을 때였다.

군것질거리가 빼곡하게 진열된 리어카가 나타났다. 요즘도 저런 구식 노점상이 있었나? 마치 영화 세트장에서나 본 듯한 오래된 리어카 앞에서 우리는 발길을 멈췄다.

진익수 씨는 검보라색의 문어 다리, 말라비틀어진 고구마말랭이를 잔뜩 샀다.

주인 할아버지가 고맙다며 몇 번이나 고개를 숙였다. 할아버지의 목덜미가 눈에 들어왔다.

그을린 문어 다리보다 더 까만 살결이었다.

"이 많은 걸 누가 다 먹어요?"

내 말에 진익수 씨가 어깨를 으쓱했다. 그때였다. 하얀색 차한 대가 멈춰 섰다. '공무 수행'이라는 글씨가 커다랗게 인쇄된 차였다. 형광 조끼를 입은 아저씨가 차에서 내려 걸어왔다. 그 모습을 본 할아버지의 얼굴에 곤란한 표정이 스쳤다.

"어르신, 여기서 영업을 계속하면 불법이라고 몇 번이나 말했잖습니까. 지난달까지 시간을 드렸는데 어르신 혼자 남았잖아요."

앙상하게 마른 어르신이 아들뻘의 공무원에게 굽신거렸다.

"제가 여기서만 십 년을 했는데 어디로 간단 말이오. 좀 봐주시면……."

할아버지는 오래도록 머리를 조아렸다. 할아버지의 검은 목덜미에 자꾸만 눈길이 멈췄다. 마치 오래되어 수분이 다 빠진 고목 껍질 같았다. 온통 고개 숙일 일밖에 없었을 서러운 세월이 할아버지의 쭈글쭈글한 목덜미에 박제된 것 같았다.

그때 진익수 씨가 공무원 앞으로 걸어갔다.

"선생님. 음…… 이분이 어떻게 하면 여기 더 계실 수 있습니까."

"혹시, 가족입니까?"

"아, 아닌데요."

"가족이 아니면 가만히 계세요. 제가 몇 번을 왔는지 아십니까?"

공무원이 짜증을 담아 말했다. 그도 물러서지 않았다. 쑥스러움을 많이 타던 진익수 씨의 그런 모습은 처음이었다. 아예 지갑까지 꺼내 들며 적극적으로 끼어들 태세였다.

"음……. 벌금이 있으면 제가 낼 테니까, 음……. 이 어르신 좀 봐주시면……."

공무원이 손을 내저으며 말을 끊었다.

"선생님, 큰일 날 소리 하지 마세요. 과태료가 문제가 아니라, 불법은 근절해야 하지 않습니까? 평화의 길 정화사업으로 단속 기간인데 어르신께서 안 도와주시잖아요."

"먹고사는 문제잖습니까. 음……. 대안을 마련할 수 있는 기간을 좀 더 주시면."

"아, 저라고 이러고 싶어서 이러는 줄 아십니까? 얼마나 많은 시간을 드렸는데요. 원칙은 지키라고 있는 거 아닙니까. 어르신도 어르신이지만 저희 입장도 좀 봐주시라고요."

순애 아줌마가 진익수 씨의 옆구리를 쿡 찔렀다.

"익수 씨는 좀 가만있으소."

진익수 씨가 힘 빠진 목소리로 확인했다.

"할아버지가 계속 버티시면 어떻게 됩니까?"

공무원이 볼멘 투로 말했다.

"계속 끌면 서로 힘들잖겠습니까? 단속하는 저도 마음이 안 좋다고요."

그의 짙은 미간 주름에는 오래된 피로가 고여 있었다.

진익수 씨의 얼굴이 조금씩 굳었다. 순간 그가 털썩 주저앉는 바람에 퍽 소리가 났다. 핏기가 사라진 얼굴엔 땀이 송송 맺혔다.

"왜 그래요?"

"와 그라노!"

모두 동시에 외쳤다. 은유정 선생님이 주저앉은 그를 붙잡았다. 거칠게 몰아쉬는 숨소리 때문에 금방이라도 어떻게 될 것 같았다. 부둥켜안은 선생님의 이마에도 땀이 맺혔다. 놀란 건 공무원도 마찬가지였다.

"119! 119!"

누가 먼저랄 것도 없이 119를 호출했고, 차는 순식간에 도착했다. 그를 태운 응급차는 금세 사라졌다. 삐뽀삐뽀 요란한 사이렌 소리가 거리를 덮었다. 우리도 택시를 타고 뒤따랐다. 다행히 병원은 멀지 않은 곳에 있었다.

진익수 씨는 응급실에서 링거를 맞았다. 창백했던 얼굴에 조금씩 혈색이 돌았다. 응급실에는 보호자가 한 명밖에 들어가지 못하므로 우리는 돌아가면서 그의 곁을 지켰다. 순애 아줌마가 걱정스러운 얼굴로 물었다.

"가족들한테 연락 안 해도 될까예?"

은유정 선생님이 답했다.

"본인이 만류했으니, 일단 두고 볼까요?"

"하기야, 우리가 지금 익수 씨 보호잔데예, 뭐."

내 차례가 되어 응급실에 들어갔을 때였다. 마침 의사가 그와 대화를 하고 있었다. 알아들을 만하면 쏟아지는 영어 단어 앞에서 그가 의료진이란 걸 새삼 느꼈다.

"증세 보니까 Panic attack이네요?"

"네."

패닉어택. 나는 얼른 스마트폰 메모장에 입력했다.

"약은 평소에 어떻게 드셨어요?"

"산도스 설트랄린요."

진익수 씨는 침착하게 약물 이름을 댔다. 나는 스마트폰에서

Panic attack을 검색했다.

공황발작 : (Panic attack)
갑자기 호흡이 가빠지거나 숨이 막히고, 가슴이 답답하며 어지럽고, 손발이 저리거나 몸이 떨리는 등의 신체적 이상과 함께 공포·불안·두려움 등의 심리적인 이상이 나타나는 증세.
공황장애의 주요 증상.

공황발작을 눈앞에서 본 건 처음이었다. 말로만 듣던, 연예인들이 주로 걸린다는 병이었다. 그제야 좀 전의 상황이 이해되었다. 힘없이 쓰러지며 가쁜 숨을 몰아쉬는 모습이. 저 느려 터진 아저씨가 공황장애라니. 나는 곁눈질로 그의 얼굴을 살폈다.

거짓말처럼 평온을 찾은 모습이었다. 아니, 조금 전의 상황이 정말 거짓말 같았다.

진익수 씨는 링거 한 병을 맞고 퇴원 절차를 밟았다. 그래도 위급한 상황에 우리가 함께 있어서 다행이라는 생각이 들었다.

모두 병원 입구에서 택시를 기다릴 때였다. 은유정 선생님이 머뭇거렸다.

"익수 씨, 혹시……. 아까 무슨 힘든 일이라도……."

그가 머리를 긁적였다.

"죄송합니다."

"죄송은요. 이제 괜찮으신 거 맞아요?"

"네. 저 때문에 모임도 마무리 못 하고 죄송하게 됐습니다."

진익수 씨가 겸연쩍은 표정을 지었다.

"뭐가 죄송해요."

내 말에 그가 쑥스러운 듯 웃었다. 순애 아줌마가 진익수 씨의 등을 토닥였다.

"지금 모임 걱정할 때 입니꺼. 내야말로 우리 익수 씨 걱정이 돼서 발걸음이 안 떨어집니더."

순애 아줌마가 부드러운 손길로 익수 아저씨의 등을 쓰다듬었다.

"아이고, 힘들지예. 다음에도 그라마 꼭 내한테 연락 주이소."

진익수 씨가 수줍게 웃었다.

나도 왜 그랬냐고 물어보고 싶은 마음이 굴뚝같았다. 노점상에서 도대체 무슨 일이 있었던 거냐고. 은유정 선생님도, 순애 아줌마도 나만큼 궁금할 것이다. 하지만 차마 묻지는 못했다. 다행히 우리 중 그 누구도 타인의 아픔에 대고 끈질기게 이유를 묻는 사람들은 없었다.

언제나 끈질기게 묻는 건 이웃들이었다. 그것도 평범한 얼굴의 동네 사람들.

세탁소 아저씨가 "전혀 낌새가 없었대요?"라며 물었을 때, 개미 슈퍼 아줌마가 또 한 번 "왜 그런 거래요?"라고 물었을 때, 그리고 장례식장에서 사람들이 수군거릴 때, 나는 깨달았다.

그 어떤 호기심도 그 어떤 슬픔보다 앞서서는 안 된다고.

06
인연

핸드폰 진동이 쉬지 않고 울렸다. 재인이었다.

- 대타 가능?

- 뭔 일?

- 오디션.

- 안 돼.

- 헉. 왜?

- 그냥 제껴.

재인이의 조급함이 이모티콘으로 도배되었다.

- ㅠㅠ. 한 번만, 응?

- 안 돼.

- 제발, 지수야 도와줘!

- 쏘리.

전화벨이 울렸다.

"너 그럴래?"

나는 낄낄거렸다. 발을 동동 구르는 재인이가 어쩐지 귀여웠다.

친구로서 재인이의 열정을 모르는 바는 아니다. 하지만 그 여자네 가게란 걸 안 순간부터 꽃수레에는 가기 싫었다. 아니 갈 수 없었다. 내 사정도 모르고 재인이는 끈질겼다.

"제발 오늘만."

"안 돼."

"어쩌지? 퇴근하고 가려고 준비했는데, 리허설이 두 시간 앞당겨졌다고, 급하게 연락이 왔단 말이야."

"문 닫고 가면 되잖아? 아니면 사장 불러."

"바깥이래. 그냥 네가 딱 두 시간만 봐주면 되는데."

끊은 지 오 분도 되지 않아서 다시 전화벨이 울렸다.

"이따가 일곱 시에 손님이 주문한 화분을 찾으러 올 거야. 그것만 계산하고 문 닫고 가라는데? 그때까지만 응?"

"리허설 늦으면 오디션 못 해?"

"응."

"그때까지 사장 안 오냐?"

"응. 문 닫고 가랬어."

"확실하지?"

"응."

"진짜, 진짜지?"

"응!"

나는 망설였다. 혼자서 두 시간이면 괜찮을 것 같았다.

"그럼 딱 두 시간 만이다?"

그래도 꽃수레에 들어설 때 기분이 여간 찜찜한 게 아니었다.

"왜 이제 와."

재인이가 가볍게 등짝을 쳤다. 말은 그래도 잔뜩 들뜬 표정이었다.

"설레냐?"

재인이는 고개를 끄덕거렸다. 평범한 실력으로 매번 오디션을 보러 다니면서 매번 들뜨다니, 그것도 능력이라면 능력이다. 포기를 모르는 재인이에게 나는 딴죽을 걸었다.

"노래는 잘하는 사람이 해야 하는 거 아니냐? 솔직히 너는 잘하는 건 아니잖아."

재인이가 옥수수수염 같은 머리를 빗다 말고 내 말을 끊었다.

"네가 뭘 모르나 본데, 잘하는 사람이 계속하는 게 아니고, 계속하는 사람이 잘하게 되는 거야."

재인이의 목소리는 힘이 있었다. 말이 안 되는 것 같지만, 달리 생각하면 대단한 말이었다.

"너는 계속하는데도 잘하지 않잖아?"

재인이가 내 눈을 빤히 보며 말했다.

"처음부터 잘하는 사람이 어딨어?"

"그런가?"

"눈이 오나 비가 오나 매일 하다 보면 그게 쌓여서 어느 날 나도 몰래 잘하게 되는 거지. 그게 바로 '도약'이라고 하거든?"

"오, 대박인데? 네 머리에서 나올 명언이 아닌데?"

"헤."

재인이가 헤벌쭉 웃었다.

"마미 어록이지롱."

재인이는 엄마를 늘 마미라고 불렀다.

"이번에는 제발 붙어라. 나 좀 덜 괴롭게."

"여기 가게 키. 시간 되면 문 닫고 가면 돼."

"그래."

"고마워. 모지수 겁나 짱이야!"

재인이는 콧노래를 흥얼거리며 나섰다. 그런 재인이의 뒷모습이 경쾌했다.

꽃수레의 시간은 느리게 흘렀다.

나는 메뉴판을 찬찬히 훑었다. 쌍화차. 아메리카노, 카페라테, 칼라만시 주스, 호박 식혜. 여자의 성격처럼 메뉴도 뒤죽박죽이었다. 화분 또한 여자의 성향대로였다. 벌레를 닮아 징그럽다고 생각했던 문어발 선인장이 너울겼다. 취향은 변하지 않은 모양이었다.

블루투스로 음악을 크게 틀었다. 그때 드륵 소리와 함께 문이 열렸다. 여고생과 엄마로 보이는 여자가 긴치마를 휘날리며 걸어 왔다. 목 끝까지 채운 촘촘한 단추, 머리카락 한 올도 흐트러지지 않게 묶은 모습이 마치 정갈한 한 마리의 족제비 같았다.

"키위 주스 둘, 얼음은 빼고. 유기농 스콘 하나."

족제비는 '주세요'와 같은 뒷말을 생략했다. 계산대를 등지고 앉아 있던 여고생이 얼음을 깨물었다. 족제비가 잔돈을 지갑에 넣으며 말했다.

"서연아. 다른 건?"

꽤 교양 있는 말투였다. 서연이라는 아이는 엄마의 말을 못 들은 척했다. 본능적으로 재인이가 말한 '침묵 커플'임을 알아챘다. 서연이는 목을 죽 빼고 내게 말을 걸었다.

"아르바이트생 그만뒀어요?"

정갈한 족제비가 딸을 향해 차분하게 되물었다.

"내 말 안 들리니?"

서연이는 또 한 번 엄마의 부름을 무시했다. 모녀 사이에 흐르는 싸한 분위기 때문에 내가 끼어들었다.

"오늘만 제가 하는 건데요."

"그래서 노래 스타일이 바뀌었구나. 그 언니 선곡에는 스웨그가 있는데."

서연이의 얼굴에 아쉬운 표정이 스쳤다. 족제비는 우리의 대화를 말없이 듣고 있었다. 몸에 밴 듯한 미소를 기계적으로 지으면서.

"주문하신 스콘과 음료 나왔습니다."

족제비가 물었다.

"나이프는?"

나는 얼른 나이프를 쟁반에 올렸다. 그녀는 나이프 끝에 크림을 얹어 바르기 시작했다. 마치 크림 위의 공기 한 방울도 허용하지 않겠다는 예술적인 꼼꼼함이었다. 둘 사이에 침묵이 흘렀다. 나이프 놓는 소리, 빨대에 빈 공기가 찌걱대며 올라가는 소리, 얼음이 달그락거리는 소리가 노래에 어우러져 특이한 리듬을 만들었다.

어쩜 저렇게 엄마와 한마디도 하지 않을까. 안 보는 척하면서 곁눈질로 훔쳐봤다. 그들이 보폭이 느껴지지 않는 걸음으로 꽃수레를 미끄러져 나갈 때까지.

그 뒤로는 손님이 없었다. 가끔 꽃에 적당한 온습도를 점검하는 일은 쉬웠다. 심심해서 꽃 냉장고 앞에 섰을 때였다.

나는 처음으로 꽃들을 자세히 뜯어봤다. 스스로 얼마나 예쁜지 잘 아는 존재의 당당함이 유리문을 뚫고 뿜어져 나왔다. 그중 처음 보는 꽃이 시선을 끌었다. 장미와 프리지어 사이에 있는 이름 모를 꽃이었다. 꽃 항아리 옆에 작은 팻말이 붙어 있었다.

라넌큘러스. 100~300겹의 꽃잎이 포개져 있는 꽃으로 척박한 환경에서도 잘 자랍니다.
꽃말: 당신은 매혹적입니다.

매혹이라는 말이 촌스러워서 웃음이 났다. 그때 재인이가 한 말이 떠올랐다.

"너, 아니? 꽃잎도 움직이는 거?"

그 말은 사실이었다. 꽃잎들은 움직이고 있었다. 아무도 눈치채지 못할 만큼 아주 천천히, 그러나 쉬지 않고 끊임없이.

계속 보고 있자니 꽃들이 말을 거는 것 같은 착각이 들었다. 마치 '지금 나는 살아 있어요!'라고 하는 것처럼.

'재인이는 잘하고 있을까?'

그때 문이 열렸다. 짧은 평화가 부서지는 찰나였다.

그 여자였다. 여자도 움찔했다. 당황스러운 마음에 고개를 돌렸다.

'안 나온다고 했는데. 뭐지.'

괜히 커피 기계를 매만지며 청소하는 척했지만, 신경은 온통 여자에게 향했다.

"아유, 깜짝 놀랐네! 재인이가 있는 줄 알고 일찍 왔는데."

여자가 카랑카랑한 목소리로 말했다.

"우리, 인사는 하고 살지 않을래?"

나는 커피 기계를 들여다보며 못 들은 척했다.

여자가 블라인드 줄을 다듬으며 내뱉었다.

"레모네이드 마실까?"

그건 내가 유일하게 좋아하는 음료였다. 특히 입천장이 얼얼할 만큼 센 탄산일수록 좋았다.

"레모네이드는 탄산이 셀수록 맛있어."

이미 내 취향을 다 알고 있다는 듯한 읊조림이었다. 뛰쳐나가고 싶은 충동과 조금 더 지켜보고 싶은 마음이 충돌했다.

여자는 화분 안에 꽃말과 주의사항을 써넣었다. 등 뒤에서 내 눈길이라도 느껴졌던 모양일까. 여자가 묻지도 않은 말에 대답했다.

"그거 내가 썼어."

자부심이 드러나는 목소리였다.

"난 책 읽으면서 가게 볼 테니까 넌 가도 돼."

그제야 구석에 책꽂이가 있다는 걸 알았다. 빛바랜 책들 맨 윗간에서 낯익은 얼굴을 발견했다. 꼬마의 오래된 사진이었다. 자세히 보니 사진 속의 아이는 해윤이 같기도 했고, 여자 같기도 했다. 이번에도 여자가 먼저 아는 척했다.

"딸이야. 재인이랑 동갑."

묻지도 않은 말에 계속 답이라니. 오지랖 넓은 것도 여전했다. 지금은 해윤이랑 살고 있다는 걸까. 오늘 같은 날 아르바이트를 맡기면 될 텐데. 해윤이 생각을 하고 있을 때 여자가 물었다.

"이런 거 물어도 될까? 오후에 여기 있는 게 특이해서 말이야. 재인이랑 넌 수능 공부 안 해?"

제일 듣기 싫으면서, 동시에 제일 많이 듣는 질문이었다. 고등학생이라면 다 대학을 가야 하나? 나는 여자의 말을 무시한 채 닦은 자리를 계속 닦았다.

"넌 어른이 물으면 대답을 안 하는 취미가 있구나."

'재수 없어.'

나는 천천히 고개를 돌렸다. 그리고 처음으로 여자의 눈길을 피하지 않았다. 내가 누군지 알아차리면 한바탕 퍼붓고 나올 작정이었다. 하지만 여자는 의도적으로 내 눈길을 피했다.

"그만 가 봐."

나는 끝까지 대답하지 않았다.

쾅.

일부러 꽃수레의 문을 세게 닫고 나왔을 때였다. 문틈을 뚫고 흐릿하게 새어 나오는 말이 있었다.

"잘 가, 지수야."

정신이 번쩍 들었다. 칼바람을 들이마셨을 때처럼 쩽한 두통이 몰려왔다. 분명히 지수라고 했다. 몇 발 걷던 걸음을 되돌렸다. 그리고 그새 닫힌 문을 쾅쾅 두드렸다.

"누구세요?"

여자의 고함과 함께 문이 열렸다. 막상 문 여는 소리가 나니까 나도 모르게 주춤했다. 다시 도망치듯 그곳을 빠져나왔다.

지수라는 이름, 잘못 들었다고 생각하기에는 분명했다.

그날 밤, 여자와의 일이 악몽으로 나타났다.

몸이 무거웠다. 방바닥의 아래, 다시 그 아래의 아래, 마치 지구의 핵까지 가라앉는 기분이랄까.

다시 허기가 올라왔다.

언젠가 냉동고에 넣어 둔 아이스크림이 생각났다. 너무 차가워서 혀가 달라붙을 것 같은 하드를 허겁지겁 베어 먹었다. 이가 시릴 뿐, 배가 찰 리가 없었다.

이번엔 밥통을 열었다. 비어 있었다. 하는 수 없이 반찬만 꺼내서 먹다가 눈물이 맺혔다. 슬퍼서가 아니라 너무 짜서! 그런 내 모습에 어이없는 웃음이 터졌다. 아침에 먹다 버린 과자 봉지가 떠올랐다. 나는 뭐에 홀린 듯 쓰레기통을 뒤졌다. 과자 봉지 사이로 퀴퀴한 쓰레기 냄새가 훅 올라왔다. 그제야 정신이 들었다.

'내가 지금 뭘 하는 거지.'

훈이 아저씨가 처방해 준 약봉지가 생각났다. 나는 약을 털어 넣었다. 그리고 물 한 컵을 그 자리에서 다 마셨다.

'이건 가짜야.'

나는 중얼거렸다. 진짜 배고픔이 아니라고. 허기 위로 자꾸만 여자의 얼굴이 아른거렸다.

우리는 왜 다시 만났을까.

정작 만나고 싶은 사람은 영원히 만날 수 없고, 만나기 싫은 사람은 벌써 두 번이나 만나다니. 중요한 일이란 늘 그렇게 시간의 톱니가 어긋나는 걸까?

나는 아직 인생을 잘 모르지만, 인생의 타이밍이란 왜 그렇게 제멋대로일까.

⓿⑦
까칠한 아이

은하수 회관 512호. 연두색 팻말이 눈에 띄었다.

조심스레 문을 열다 말고 눈을 의심했다. 문틈으로 녀석과 눈이 마주쳤기 때문이다.

실핏줄이 비칠 듯한 녀석의 창백한 피부가 눈에 띄었다. 분명, 엊그제 꽃수레에서 봤던 아이, 정갈한 족제비의 딸이었다.

우리는 문틈 사이로 다시 한번 눈이 마주쳤다. 녀석도 꽤 놀란 표정이었다.

그때, 은유정 선생님이 문 쪽을 향해 말했다.

"지수 씨, 얼른 들어와. 문밖에 있는 거 다 알아요!"

나는 엉거주춤 들어와서 자리에 앉았다.

은유정 선생님이 기다렸다는 듯 녀석을 일으켜 세웠다.

"오늘부터 합류하신 분이 있어요. 지수 씨도 왔으니 모두에게 소개하는 시간을 갖겠습니다. 서연 씨?"

은유정 선생님이 녀석을 향해 웃었다.

"박서연입니다."

선생님이 계속하라는 뜻의 손짓을 했다.

"고2입니다."

은유정 선생님이 빙긋이 미소를 지었다.

"그게 다예요?"

"네."

"좋아요. 차차 알면 되죠. 총무 지수 씨, 딱 맞게 도착했네요. 비상 연락망에 서연 씨 전화번호를 입력해주실까요?"

휴대전화에 서연이 번호를 저장했다. 곧바로 친구 추천에 서연이 프로필이 떴다. 나는 서연이 프로필사진을 가만히 살폈다.

하얀 얼굴에, 반듯한 이목구비. 몸에 걸친 모든 건 꽤 비싸 보였다. 부족함 없이 보이는 서연이가 유가족이었다니. 반가우면서도 뭔가 허를 찔린 기분이다.

'너도 그랬구나…….'

따지고 보면 생각보다 자살 유가족은 많았다. 최대한 숨기거나 안 그런 척해도 자살 유가족은 어디서나 발견되곤 했다. 이를테면 내 친구의 친구, 한 다리 건너 친척과도 같은, 매일 내 곁을 웃으며 지나가는 사람 중 누군가의 형태로 나타났다. 지금 바로, 내 곁을 스쳐 갔던 그 누군가가 또 한 명의 유가족이자 자살 생존자로 확인되는 순간이었다.

다시 서연이의 얼굴을 뜯어봤다. 유행하는 입술 틴트를 바르고 눈썹도 슬쩍 그린 티가 났다. 나는 서연이에게 메시지를 보냈다.

- 천사 틴트 28호?

서연이의 눈이 동그래졌다. '어떻게 그걸 알아?'라는 문장을 또렷이 담은 눈동자다. 가뜩이나 넓은 서연이의 미간이 더 넓어 보였다.

- 앞트임 수술하면 대박이겠다.

서연이의 얼굴이 굳었다. 그때, 선생님이 프린트된 종이를 나누어 주며 설명했다.

"오늘은 인생 그래프를 그릴 겁니다. 고인과 기뻤던 일, 슬펐던 일, 화났던 일을 바탕으로 좌표를 찍어볼 거예요. 마음에 묻었던 기억과 감정을, 있는 그대로 표현하면서 직면하는 시간을 갖기로 해요."

"직면이 뭡니꺼. 쉬운 말로 하이소."

순애 아줌마가 진지하게 물었다. 은유정 선생님이 차분하게 설명했다.

"마음속에서 일어나는 감정을 회피하지 않고, 있는 그대로 바라보는 연습을 하는 거예요."

있는 그대로 보기라니, 무슨 말인지 와닿지 않았다. 아무튼, 선생님이 시키는 대로 종이 위에 선을 그렸다.

기뻤던 시절이 언제였지.

초등학교 2학년 때였나, 하와이에 갔을 때가 기억났다. 그때까지 엄마와 아빠는 사이가 꽤 좋았다. 4학년 때 엄마 참여 수업도 떠올랐다. 키가 크고, 자세가 꼿꼿한 엄마가 교실에 들어서자 어깨가 으쓱했다. 엄마가 친구들 앞에서 시범을 보인 한국 무용은 얼마나 근사했던지.

엄마 아빠의 결혼 15주년 기념일. 아빠는 엄마에게 초록색 보석 목걸이를 선물했다. 그 날 엄마의 떡볶이를 아빠와 내가 싹싹 긁어먹던 기억도 난다. 엄마의 요리는 대부분 별로였지만, 떡볶이 하나만큼은 파는 것보다 맛있었다.

엄마와의 기쁜 추억을 생각하는 동안 미소가 새어 나왔다. 기쁨의 좌표들이 작은 점이 되어 종이 위에 흩어졌다. 하지만 지나온 기쁨들이 꿈처럼 멀게 느껴졌다. 아득한 기쁨은 다시 슬픔으로 바뀌었다.

엄마가 암이라고 말했던 날, 나는 이불속에서 펑펑 울었다.

엄마는 담담했지만, 갓 교복을 입기 시작한 중학교 1학년에겐 감당할 수 없는 공포였다. 그날 이후 엄마를 병원에서 볼 때마다 무서웠다. 엄마의 무릎, 복숭아뼈가 까맣게 멍들었을 때도. 그 시절은 통째로 슬픔의 구간이었다.

그리고…….

엄마의 영정 사진을 봤을 때, 나는 정신을 잃었다. 그건 '슬프다'라는 단어로는 표현이 안 된다. 그 상실감을 표현할 수 있는 단어는 이 세상에서 존재하지 않는다.

이어지는 분노의 좌표 앞에서 나는 숨을 골랐다. 갑자기 펜을 잡은 손에 힘이 들어갔다.

'기억해서 뭐가 달라지는데?'

힐링 프로그램은 늘 이런 식이다. 하다 보면 숨어있던 화가 터져 나왔다. 화나는 일들을, 화를 내며 생각하다가 종이 위에 분노의 점을 마구 찍었다. 결국, 종이를 확 구겨버렸다.

지켜보던 은유정 선생님이 슬며시 끼어들었다.

"화가 나는 게 정상입니다. 화의 흙탕물이 모두 빠져나간 뒤, 무의식의 찌꺼기를 들여다보세요. 그러면 오래도록 눌러야 했던 어린 시절의 분노가 비로소 수면 위로 올라올 거예요."

무슨 말인지 전혀 알아들을 수 없었다. 아니, 이해하고 싶지 않았다.

그 뒤로도 한참 동안 뭐라고 설명했는데, 다른 생각을 하느라 귀에 들어오지 않았다.

모임이 끝나고 서연이가 제일 먼저 상담실을 빠져나갔다. 나도 따라나섰다. 녀석은 건물 외벽에 혼자 서 있었다.

"꽃수레, 맞지?"

서연이는 대답 대신 나를 쳐다봤다.

"누구 기다려?"

"……."

"나, 기억 안 나?"

"……."

경계하던 서연이의 표정이 조금씩 풀어졌다.

"넌 누구 때문에 왔어?"

서연이가 가만히 나를 쳐다보았다.

"귀먹었냐?"

듣고 있던 서연이의 야무진 입매에 힘이 들어갔다.

"내 말 안 들리냐고."

계속되는 추궁에도 서연이는 심드렁한 표정으로 휴대전화만 만지작거렸다. 마치 '넌 왜 그렇게 남의 일이 궁금하니'라고 온몸으로 되받아치는 것 같았다.

"와, 센데? 계속 씹다니."

그제야 서연이가 말을 걸었다.

"너 좀 재수 없다. 얼굴 평가할 때부터 알아봤지만."

나한테 그렇게 말하는 애는 오랜만이었다.

"재수 없는 건 넌데? 대답도 안 하고?"

"내가 왜 친하지도 않은 네 말에 다 대답을 해?"

서연이의 목소리가 차가웠다.

"어차피 알게 될 건데 말하면 뭐 어떠냐?"

"넌 누가 보냈는데?"

"아빠랑 아빠 친구가."

서연이가 잠깐 생각하는 듯하더니 말했다.

"난 같이 사는 40대 여자가 보냈다, 왜."

자기 부모님을 저렇게 말하다니. 나만큼 골치 아픈 녀석이다. 일단 겉보기에 가족의 빈자리는 없어 보이는데…….

"근데?"

서연이가 빤히 쳐다보았다.

"넌 참 특이하다."

"내가 뭘?"

"하고 싶은 말 다 하고 살아서 좋겠다."

서연이가 휴대폰 케이스를 만지작거리더니 되물었다.

"처음 보는 내가 뭘 그렇게 궁금해?"

"왜 첨보냐? 지난번에 봐놓고."

그때 검은 제네시스가 미끄러지듯 도로에 멈췄다. 잠시 후 자동차 경적이 짧고 정확하게 세 번 울렸다. 정황상 서연이를 부르는 것 같은데, 서연이는 못 들은 척했다. 그때 차에서 내린 누군가가 걸어왔다. 며칠 전에 본 정갈한 족제비 아줌마였다.

족제비 아줌마는 보폭이 느껴지지 않는 걸음으로 마치 물 위를 스르르 떠다니는 것처럼 움직였다. 그녀는 교양 있는 말투로 아는 척을 했다. 입꼬리를 부드럽게 올리면서.

"서연이 친구니?"

서연이 엄마가 웃어 보였다. 분명 입은 웃고 있는데 눈은 슬퍼

보여서 기묘했다.

"낯이 익네. 어디서 봤던가? 여하튼 우리 서연이랑 잘 지내주 길 바라. 박서연, 타야지?"

서연이가 잠깐 눈을 내리깔더니 갑작스레 내 팔짱을 끼었다.

"으악!"

서연이가 팔을 꼬집는 바람에 입을 다물었다.

'얘가 미쳤나? 갑자기 왜 이래?'

조금 전까지와 백 팔십도 다른 모습이었다.

"이 친구, 집에 초대할 거야."

느닷없는 초대에 놀라 서연이를 쳐다봤다.

"야!"

역시 따지기도 전에 서연이는 내 팔을 꽉 잡았다. 서연이 엄 마는 그런 우리를 미심쩍은 눈초리로 쳐다봤다. 서연이가 떠나고 나서도 황당함은 가시지 않았다. 다행히 의문은 한 시간 만에 정 체를 드러냈다.

- 우리 집에 와 줘.

서연이의 메시지였다.

- 뭔 소리?

- 사정이 있어.

- 그야말로 네 사정이고. 내가 왜.

- 오면 설명해줄게. 카톡으로 쓰기 그래.

- 너 진짜 이상하다.

- 네가 본 그 사람 때문에 그래.

서연이는 이번에도 '엄마'라는 단어를 '그 사람'이라고 칭했다.

- 너희 엄마? 왜?

- 내가 괜찮다고 알려 주려고.

- 어디가 안 괜찮냐?

- 그러니까 오면 다 말할게.

어이가 없었다. 다짜고짜 집에 오라니. 완전히 참신한 또라이였다. 한편으로는 친하지도 않은 애가 오죽하면 그럴까 싶기도 했다. 나는 또라이에게 조금씩 호기심이 일었다.

- 음……. 왜 그러는 건데?

- 반항.

- 누구한테?

- 그 사람한테.

서연이가 엄마를 대하는 태도가 이상하긴 했다. 하긴, 반항하는 마음, 그건 누구보다 내가 잘 안다.

- 내가 왜 네 부탁을 들어줘야 하는데?

- 제발. 뭐라도 해 줄게.

- 뭐라도?

- 응

- 돈도?

- 당근. 말만 해.

한 치의 주저도 없는 답에 얼떨떨했다. 물론 돈이 필요했던 건 아니고 해 본 말이었다. 아빠가 그랬다. 사람은 돈 가는데 마음도 가는 거라고.

고민 끝에 결국, 서연이의 이상한 초대에 응하기로 했다.

어른들에 대한 진심 어린 반항이라면, 충분히 협조할 마음이 있었으니까.

서연이네 집은 굉장했다.

TV에서나 보던 백평대 한남동 빌라였다. 거실 통유리 창으로 한강의 다리들이 몇 개나 보였다. 안방에서 부엌까지 가는데 문이 세 개가 있었고, 바닥은 천연 대리석이었으며, 방 안에 또 방이 있는 식이었다. 방마다 화장실은 기본이었다.

"대박. 살맛 나겠다!"

내 말에 서연이가 피식 웃었다. 그때 홈드레스를 입은 서연이 엄마가 거실로 오고 있었다. 집에서도 단추를 목까지 촘촘하게 채운 채 끝까지 당겨서 묶은 머리 스타일이 특이했다.

서연이 엄마는 품절 대란이라는 쿠키를 잔뜩 내왔다. 얼음에 민트까지 장식한 에이드를 보며 말했다.

"전 콜라만 먹는데요."

서연이 엄마는 내 말을 가볍게 무시했다.

"착즙 에이드야. 마시렴."

여태까지 내가 들은 잔소리 중 가장 품격 있는 잔소리였다. 거부할 수 없는 카리스마까지 장착한 희한한 말투였다.

서연이는 아까부터 엄마의 모든 말에 대꾸가 없었다. 내가 그 여자를 외면했던 시절의 모습을, 서연이도 그대로 하고 있었다. 내가 자기 엄마와 얘기하는 동안에도 휴대폰만 만지작거렸으니까.

– 이걸로 해.

멀쩡히 바로 앞에 서 있는데 문자로 얘기하자고?

– 왜?

– 계좌 찍어.

– 진짜?

설마 하는 마음이었지만 계좌번호를 전송했다.

– 그런데 왜 부른 거야?

– 저분이 좀 아픈데, 네가 필요해서.

– 어디가 아픈데?

아무리 봐도 아픈 사람 같진 않았다. 서연이가 손가락으로 제 머리를 가리키며 '여기'라고 입 모양을 했다.

– 생리대 하나를 사도 내가 산 건 반품하고 자기가 산 거 쓰게 하거든.

나는 뜨악해서 서연이 엄마를 쳐다보았다. 도저히 그럴 것 같지 않은 우아한 교양과 기품이 느껴졌다.

마침 서연이 엄마는 꼭지를 따고 먹으면 맛있을 딸기를 굳이 칼로 잘라서 치즈 크림까지 바르고 있었다. 접시 위에 딸기 몇 개가 있었고, 그 주위에 발사믹 소스로 빙빙 원을 둘러 장식하는 것도 잊지 않았다.

"너희들, 문자로 이야기하는 거 다 알아. 나갈게. 편히 얘기해."

서연이 엄마가 우아하게 미끄러지듯 퇴장했다.

나는 반쪽짜리 딸기를 먹다가 말했다.

"난 언제 가면 되냐?"

"30분만 더."

"왜?"

"내가 친구하고 어울릴 수 있다는 걸 보여줘야 해. 그래야 안 귀찮아."

"아, 답답해, 너 왕따였냐, 그동안?"

"그런 게 있어."

서연이의 얼굴에 불편한 심정이 드러났다.

"근데 너희 엄마 진짜 독특하다."

우리의 대화는 여기서 멈춰야 했다.

서연이 엄마가 아로마오일과 스틱을 들고 서 있었기 때문이었다. 마치 '불쾌하지만, 이 정도쯤은 조절하고 있단다. 나는 어른이니까.'라고 말하는 것 같은 표정이었다.

"페퍼민트 오일이야. 지수랬니? 너도 해 볼래?"

서연이 엄마는 먼저 딸의 목덜미에 아로마오일을 떨어트렸다.

"그만."

가시 돋친 서연이의 저항에도 엄마는 멈출 기색이 없었다. 거침없는 엄마의 손놀림이 한두 번 해 본 솜씨가 아니었다. 서연이의 어깨가 거북목처럼 솟아올랐다. 그때 서연이가 차갑게 내뱉었다.

"나가야 해."

"이 시간에?"

서연이가 눈빛을 보냈다. 그건 동물적인 본능으로 알 수 있는 SOS였다.

"아, 아줌마! 오늘 햇살 속으로 직진 모임이 있는데, 얘기하느라 잊어버렸어요."

급히 둘러댄 핑계치곤 그럴듯했다.

"그래? 서연이는 왜 말 안 했니?"

엄마의 부드러운 질책에 서연이는 시선을 돌렸다.

"준비해. 은하수 회관까지 태워줄게."

"됐어. 지수하고 가면 돼."

"엄마 차 타고 가."

서연이 엄마는 끝까지 같이 가겠다고 우겼다. 나까지 합세해서 괜찮다고 밀어붙이자, 서연이 엄마는 포기한 듯했다, 가 아니었다. 우리가 탄 버스의 뒤를 일정한 속도로 따라오는, 반짝거리는 검은 세단을 보고 말았으니까. 그게 서연이 엄마의 차라는 걸 알아차리는 건 어렵지 않았다. 서연이 엄마는 끝까지 지켜보는 모양이었다. 우리가 건물 안으로 완전히 사라질 때까지.

우리는 들어가는 척하며 1층 카페 구석에 자리를 잡았다.

"서연아, 괜찮나?"

"응."

나는 음료를 한 모금 들이마신 뒤 물었다.

"엄마를 왜 그렇게 싫어해?"

서연이가 피식 웃었다. 그리고 턱을 괴며 말했다.

"오늘 일은 고맙다."

"아픈 사람 같지는 않던데."

"정상이 아니야."

"어디가?"

"컨트롤프릭."

"그게 뭐야?"

"한마디로 뭐든지 자기 마음대로 조종하는 병. 이건 내 얘기가 아니고 의사 선생님 얘기야."

그제야 아줌마의 특이한 모습이 조금 이해가 되었다.

"뭔 소린지 모르겠네. 아무튼, 왜 그런 거래?"

"내가 혼자 있는 걸 못 참아."

"왜?"

"……. 트라우마 때문에."

"무슨?"

서연이는 아무 말도 하지 않았다.

"딸이 너무 예뻐서 불안한 거 아니야?"

나의 농담에 서연이가 씁쓸하게 웃었다. 반질반질 윤이 나는 피부. 볼우물이 팰 때마다 저절로 눈길이 멈췄다. 그런데 듣고 있자니 세상이 불공평했다. 나에게 집착해주는 엄마가 있으면 고마울 텐데.

"그래도 편하지 않냐?"

서연이가 피식 웃었다.

"……."

"그런 엄마들 많잖아."

괜히 심통이 났다.

'나는 엄마의 그늘에서 살고 싶었는데…….'

서연이의 고민이 세상모르는 투정 같았다.

"너는 엄마랑 어때?"

"우리 엄마는."

없다고 하려다가 말을 바꾸었다.

"그냥 보통이야."

거짓말이다. 질투에는 거짓말만큼 요긴한 게 없었다. 서연이의 으리으리한 집과 세련된 엄마 앞에서 주눅 들기 싫었다. 물론 1초 만에 후회했다. 조금 더 허세를 부릴걸. 나중에 512호에서 다 알게 되더라도, 일단은 뻥을 칠걸.

서연이는 탄식처럼 내뱉었다.

"부러워."

"뭐가?"

"다."

나는 귀를 의심했다. 내가 부럽다니.

사람은 언제나 자기가 가지지 못한 걸 부러워하는 걸까. 그게 무엇이든.

그때 휴대전화 메시지가 도착했다.

- 어디냐. 나 우울 + 심란 + 폭망 3종 세트.

재인이었다.

- 왜?

- 묻지 마.

- 여기 올래?

- 어딘데?

- 은하수 회관 카페.

- 혼자야?

- 누가 있는데 금방 갈 거라서 신경 안 써도 돼.

- 아니야, 그럼 됐어.

- 왜? 우울하다며.

- 됐어.

- 알았어, 우리 둘만, OK?

자초지종을 듣고 난 서연이는 기꺼이 자리를 피했다.

"난 스마트폰 하고 있을 테니까 끝나면 말해. 같이 있어야 의심을 안 하니까 갈 때만 같이 가자. 건물 밖에서 기다리고 있을 거야. 안 봐도 뻔해."

우리는 멀찌감치 떨어진 테이블에 앉았다.

얼마 후 재인이가 카페 안으로 터덜터덜 걸어 들어왔다.

"이재인!"

평소답지 않게 활기를 잃은 모습이었다.

"무슨 일 있어?"

"나 멘붕."

"왜. 오디션 떨어졌어?"

"맨날 떨어지는데 뭐."

"그럼 왜?"

"지수야, 넌 졸업하면 뭐 하고 살 거야?"

최근 재인에게서 들어보는 가장 식상한, 그러나 가장 또래다운 질문이었다. 재인이는 진지했다. 글쎄, 뭘 해야 할까. 한 번도 제대로 생각한 적이 없는데.

"갑자기 왜?"

"마미가 묻더라."

"마미 쿨하잖아?"

"동창회 갔다 오더니 그래."

"뭔 소리야. 수능 안 봐도 된댔잖아?"

"술을 마셨는지 혀가 잔뜩 꼬부라진 소리로 '너는 행복하니. 주변하고 비교 안 하고 살 자신 있니?' 그 말을 무한 반복했어."

"뭐 충격받은 말을 들었나?"

"지수야, 내가 그렇게 걱정되는 딸일까?"

"나 같아도 걱정은 되겠다. 평생 아르바이트만 하고 산다고 하질 않나, 그렇다고 노래를 잘하냐, 머리는 귀신같지."

내가 손가락을 꼽으며 장난스럽게 말하자 재인이의 얼굴이 발그레해졌다.

"너 진짜!"

"마미 말은 대충 듣고 말아."

"그치? 난 지금도 좋은데."

"부모님은 자식이 뭔가가 되기를 바라니까."

"꼭 뭐가 돼야 성공하는 걸까? 그냥 나 자체로 행복하면 안 돼?"

"그래서 평생 백수가 되겠다고?"

"그건 아니지만, 지금 즐거우면 되는 거 아니야?"

어쩌면 내가 하고 싶은 말을 콕 집어서 하는지. 이래서 우리가 절친이다. 재인이가 나를 빤히 바라보며 내뱉었다.

"오늘은 네가 부럽다."

"켁. 뭐가?"

"걱정이 없잖아."

그건 재인이가 정말 모르는 소리다.

"야, 걱정이 없는 건 이재인 너지!"

나라고 걱정이 없는 건 아니다. 다만 하지 않는 척할 뿐.

내 방식대로 미래에 대한 걱정을 덜 걱정하고 있을 뿐이다.

희한한 날이었다.

부럽다는 얘기를 연달아 듣다니.

내가 누군가에게 부러울 수도 있다니, 와우!

견뎌야 하는 어떤 날들

재인이의 우울은 하루를 넘기지 않았다. 그게 재인이었다. 하늘은 스스로 돕는 자를 돕는다고 했던가. 하늘은 오늘 재인이를 돕기로 한 모양이었다.

그러니까 열여섯 번째 오디션이 있는 날, 재인이는 처음으로 본선에 진출했다. 친구로서 이 역사적인 날을 그냥 지나칠 수 없었다. 그리하여 이번만큼은 객석에서 직접 응원을 해야겠다. 응원의 효과를 위해서 고민을 하다가 서연이가 떠올랐다. 물론 서연이가 제 발로 올 리가 없었다. 나는 문자로 통보했다.

- 지난번 일, 갚을 기회를 줄게.
- ?
- 내일 여섯 시까지 스타 식스 로비.
- 뭔지 알고 가자.
- 너도 일단 와. 오면 말해줄게.

서연이는 나처럼 따지지 않았다. 지난번 빚을 갚는 셈 치고 와 달라는 협박이 통한 셈이었다.

사실 서연이를 불러들인 속셈은 따로 있었다. 실력이고 뭐고 미모 하나면 친절하게 구는 세상. 서연이의 미모를 이용할 생각 이었다. 카메라는 신기할 정도로 미인의 DNA를 찾아낼 테니까.

커다란 챙 모자를 들고 화장실 거울 앞에서 얼굴을 매만질 때 였다. 누군가 어깨를 툭 건드렸다. 인상을 팍 쓰며 돌아봤다. 그 여자였다. 놀란 마음에 얼굴은 물론 귀까지 달아올랐다.

"어?"

여자는 태연했다.

"맞네. 뒷모습 보고 너 같아서 복도에서부터 따라 들어왔더 니."

"……."

"덜렁이 재인이, 접수증을 두고 가서 말이야. 전화도 안 받고. 재인이 지금 어디 있니?"

나는 대답 대신 손바닥을 내밀었다. 말을 섞기 싫다는 뜻이 었다.

"접수증 달라고?"

나는 고개만 살짝 끄덕였다.

"아니야, 온 김에 재인이 무대만 보고 가지 뭐."

그러거나 말거나 나는 여자를 투명 인간 취급했다. 하지만 여 자는 화장실을 나와서도 나를 따라다녔다. 나는 싫은 티를 팍팍

냈고, 여자는 아랑곳하지 않았다.

대기실은 찾기 쉬웠다. 재인이는 접수증을 놓고 온 것조차 모르고 연습에 푹 빠져 있었다.

드디어 오디션 무대가 시작되었다. 재인이는 앞에서 두 번째였다.

"안녕하세요, 우주 최강 초특급 미녀 이재인입니다."

객석에서 웃음이 터졌다. 푸짐한 덩치로 자화자찬은 더 푸짐하게 하다니 역시 재인이다.

녀석의 큰 키, 뻣뻣한 몸, 서정적인 가사가 묘하게 섞였다.

재인이는 눈에 띄지 않았고, 실력이 뛰어나지 않았으며, 특별한 사연도 없었다. 하지만 그 모든 것은 노래를 좋아한다는 이유 앞에서 벽이 되지 않는 모양이었다. 재인이가 노래를 부르는 동안 객석에 앉은 서연이의 얼굴에 유독 카메라가 오래 머물렀다. 재인이와 서연이의 얼굴이 교차로 화면을 오고 갔다.

노래의 간주 부분에 이르자 재인이는 랩을 읊었다.

아메리카노~ 머라카노~

라떼는 말이야~ 그만해라 꼰대~

갑질은 사절! Like this oh u-

쌍화차 너무 구려~ 사장님 메뉴 체인지~

아메리카노~ 머라카노~

갑질은 사절! Like this oh u-

푸핫. 웃음이 났다. 카페 아르바이트생의 정체성을 저렇게 드러내다니. 재인이다웠다.

안무에 힘이 들어갈수록 재인이의 노래도 절정을 향했다. 덩달아 기괴한 팝핀 안무까지 최고였다. 객석의 할머니들은 인상을 찌푸렸고, 몇 안 되는 청소년들만 환호했다.

그때 여자의 두 눈에 뭔가 반짝였다. 두 뺨에 지렁이가 지나간 것 같은 얼룩이 구불구불 흘러내렸다.

'왜 저래?'

여자의 눈이 빨갰다. 느닷없이 왜 우는지 알 수 없었다. 내 알바 아니었지만.

이변이 없는 한, 재인이는 탈락이었다. 음 이탈 두 번, 고음 불가 한 번. 그런 재인이가 상을 받으면 그게 더 이상한 일이다. 그래도 어쩐지 섭섭했다.

합격자 명단에 이름이 없자, 재인이의 얼굴에 아쉬운 표정이 지나갔다. 하지만 녀석은 금방 웃는 얼굴을 되찾았다. 저 아이는 떨어지고도 뭐가 좋아서 웃고 있을까. 나는 재인이를 보자마자 잔소리를 퍼부었다. 위로 대신 현실적인 충고가 필요하다는 판단 때문이었다.

"야! 때려치워!"

"싫은데?"

재인이가 되받아쳤다. 떨어진 주제에 저렇게 당당하다니.

"언제까지 할 건데?"

"될 때까지?"

"무대에 설 거면 살이라도 좀 빼던가, 응?"

"뭔 상관? 뚱뚱한 가수일수록 원래 울림통이 큰 거거든?"

재인이는 어지간해서 기가 죽지 않았다. 그런 재인이를 닦달해봤자 성격 급한 나의 답답증만 더할 뿐이었다.

"잘났다. 참 잘났어."

그때 여자가 재인이의 어깨를 두드렸다. 눈물이 스친 얼굴이었다.

"재인이 멋있던데?"

"정말요?"

재인이의 양쪽 어깨가 턱까지 올라갔다.

"잘했어. 오늘은 내가 쏠게."

끝까지 여자가 낀 상황이라니. 참았던 짜증이 폭발할 것 같았다.

"난 간다."

확 돌아서는데 재인이가 급하게 가방을 잡았다.

"왜 그래, 같이 가. 나 저런데 꼭 한번 가고 싶었어. 사장님도 있으니까 같이 가자, 응?"

재인이가 가리킨 곳은 도로 옆의 허름한 포장마차였다.

"싫어."

"드라마에서 보면 커플이 저런 데서 키스하잖아, 꺅!"

재인이가 내 가방까지 낚아챘다. 그리고 말릴 틈도 없이 포장마차로 튀었다. 비겁한 녀석, 가방을 인질로 잡다니! 천막을 들추고 들어서자마자 아저씨들의 혀 꼬부라진 소리가 들렸다. 파란 플라스틱 테이블이 낯설었다. 그래도 밤늦은 포장마차의 테이블엔 뭔가 축축한 낭만이 있었다.

나는 한쪽에 어정쩡하게 선 서연이를 보며 말했다.

"박서연, 가자. 재인이는 내 가방 내놔."

"아니? 더 있을 건데?"

지금까지 들었던 서연이의 대답 중 제일 빨랐다. 더 놀라운 건 서연이가 여자를 향해 티슈를 내밀었다는 거다.

"이걸로 닦으세요."

여자는 마스카라가 번진 검은 눈으로 휴지를 받았다.

"왜 쳐 울고 난리야."

혼잣말이었지만, 여자가 한숨을 내쉬었다. 그때 재인이가 정색했다.

"지수야, 너 심하게 버릇이 없다? 그렇게 막 나가는 애는 아니잖아?"

재인이는 오디션 탈락 때 보다 더 씩씩거렸다. 그때 여자가 느닷없이 내 편을 들었다.

"그럴만해서 그래."

여자는 이내 부드러워진 말투로 물었다.

"재인이는 오디션 떨어지는 거 상처 안 받니?"

여자의 입에서 나온 '상처'라는 단어가 낯설었다. 재인이가 쿨하게 받아쳤다.

"괜찮아요. 재미있으면 됐죠, 뭐."

여자가 물었다.

"다음에 또 나갈 거니?"

"네."

"오디션이 그렇게 많아?"

"그럼요!"

"하긴. 그 시장이 보통 큰 시장이니."

여자도 맞장구를 쳤다.

재인이가 해맑게 어묵 꼬치를 뜯었다. 그때 포장마차 구석에 있는 휘장이 슥 걷혔다. 서연이 엄마였다. 족제비 아줌마는 충격받은 얼굴로 우리를 지켜봤다.

"서연아, 엄마 오셨는데."

내 말에도 서연이는 꼼짝하지 않았다.

"아줌마, 안녕하세요."

이번에는 재인이가 인사를 했다.

서연이는 침착하게 가방을 챙기더니 일어섰다. 그리고 입구에 서 있던 엄마를 지나치며 사라졌다. 둘 사이에 차가운 바람이 일었다. 나도 가방을 둘러멨다. 그때 재인이가 내 가방을 잡았다.

"잠깐만, 나 화장실이 급해서. 나 오면 가, 응?"

뒤따라 재인이 마저 화장실에 간다며 자리를 비웠을 때였다.

둥근 탁자에는 여자와 나, 둘 밖에 남아 있지 않았다.

"아줌마."

"……."

"왜 모른 척해요?"

"너……. 많이 변했더라."

여자의 눈빛에 생각이 깃들었다.

"어른처럼 말하는 건 변하지 않았구나. 하긴, 내가 그 말에 참 많이도 찔렸지……."

여자는 소주잔 가득 술을 부었다. 입에 술을 털어 넣은 여자의 얼굴이 어두웠다. 여자의 콧날에 눈길이 멈췄다. 아찔한 콧날 위로 엄마의 동그란 버선코가 떠올랐다. TV에서 오뚝한 코를 볼 때마다 부러워하던 엄마였는데. 또 한 번 그리움이 몰려왔다. 포장마차 천막 위로 엄마의 콧날이 아른거렸다.

병실에서 엄마의 코는 숨을 들이마시는지 내쉬는지 모를 정도로 움직이지 않았다.

난 가끔 엄마의 코 밑에 손을 대 보곤 했다. 가느다란 숨결이 느껴지면 그제야 마음을 놓았다.

이렇게 다시 엄마의 마지막을 떠올리다니…….

아빠는 엄마를 죽도록 사랑했다. 엄마도 그랬다. 열정적인 무용가가 저렇게 냉정한 아빠를 사랑할 수 있는 용기가 대단하다고 생각했다. 두 사람의 불타는 사랑은 오래가지 않았다. 엄마는 자궁경부암 진단을 받았다. 그때 나는 자궁이 뭔지 모를 나이였다. 진단을 받은 날, 엄마와 아빠는 심하게 싸웠다.

빛바랜 환자복을 처음 입었을 때 엄마는 웃음을 잃었다.

엄마는 갈수록 야위었고, 생선 가시처럼 등뼈가 삐죽 솟았다. 편편했던 광대뼈마저 날마다 튀어나왔다. 밥은커녕 미음마저 건너뛰는 날이 많았다. 구불거렸던 머리카락은 흔적도 없었으며, 말까지 잃었다. 간병인에게 들은 이야기지만, 항암 주사를 맞는 날이면 쑥색의 위액까지 토했다고 했다. 그때부터 엄마는 짜증이 늘었다. 간병인에게 짜증을 내다가 아빠가 오면 아빠를 괴롭혔다. 가끔 내게도 폭발적인 짜증을 냈다. 알 수 없는 소리를 중얼거리거나, 허공을 노려보는 일도 잦았다. 중학생이던 나는 엄마의 짜증을 이해하려고 노력했다. 아니. 이해할 수밖에 없었다. 아마도 그건 너무 아파서였을 거라고……. 이따금 자식이 부모를 이해해야 한다는 사실에 억울했다. 하지만 티를 내면 안 될 것 같았다. 그럴 수밖에 없는 게, 엄마의 통증은 가만히 있는 나도 느낄 수 있을 정도였다.

그즈음이었다. 죽을 데우러 병실을 나간 아빠는 10분이 지나도 오지 않았다. 그건 3분이면 충분한 일이었다. 아빠를 찾아 나선 복도에서 나는 귀를 의심했다. 휴대전화를 향한 아빠의 낯선 음성은 내가 알던 아빠가 맞나 싶을 정도로 다정하고 활기찼다.

그리고 듣지 말아야 할 목소리를 들었다. 희미하게 수화기를 뚫고 나오는 여자의 웃음소리였다. 나는 본능적으로 무슨 상황인지 알아챘다.

온 세상이 멈추는 데 걸린 시간은 고작 몇 분이었다.

나는 엄마가 알까 봐 걱정했다. 다행히 엄마는 모르는 눈치였다.

그날 이후 아빠가 병원에 오는 횟수는 눈에 띄게 줄었다.

간병인이 쉬는 일요일, 그러니까 아빠가 병실에 오기로 했던 날, 아빠는 끝내 오지 않았다.

그리고 엄마는 죽었다.

젊은 암 환자가 세상을 등졌다는 소문은 금세 퍼졌다.

사람들은 모이기만 하면 쉬쉬하면서도 떠들어댔다. 엄마의 일은 공공연한 비밀이었다.

나는 검은색의 빳빳한 상복을 입었다. 장례식장도, 상복도, 절도, 모든 게 서툴렀다. 그저 얼굴도 모르는 사람들의 절을 받고, 졸다 깨다 멍하게 서 있었다.

세상에 이런 슬픔도 존재한다는 걸 처음 알았다. 하지만 나의 슬픔은 온전하게 위로받지 못했다. 장례식장에서조차 진짜 자살이냐고 되물었던 사람들. 오죽하면 그랬겠어라며 수군거리던 시선들. 나는 슬퍼하기도 전에 따가운 시선 속에서 서 있는 법부터 배웠다.

엄마는 한 줌의 재가 되었다.

작은 상자에 담긴 엄마는 가볍고 따뜻했다.

우리는 엄마를 향나무 아래 묻기로 했다. 평소에 엄마가 제일 좋아하던 나무였다. 그때 아빠는 잠깐 분주했다. 꼭 현금으로 팔백만 원을 지급해야 한다고 강조하던 수목장 사람 때문에, 나는 울다 말고 정신이 들었다.

엄마를 묻고 돌아오는 길에, 아빠와 나는 설렁탕을 먹었다. 밥알이 모래알처럼 까끌까끌했지만, 이상할 정도로 맛있었던 깍두기 국물이 떠오른다. 이런 상황에서 음식의 맛을 느끼다니 황당했다.

엄마가 죽고 나서 당장은 아무것도 달라진 게 없었다.

한동안은 환자복을 입은 엄마가 병실에 누워있다고 생각되었다. 저절로 발길이 병실로 향할 때도 있었다. 엄마가 머물던 침대에는 낯선 할머니가 누워있었다. 병실 복도를 걸어 나오면서 몇 번이나 무릎이 꺾였다.

도대체 실감이란 게 나질 않았다.

그러다 유서를 보면 눈물이 났다. 유서랄 것도 없이 짧은 메모였지만.

지수야.
엄마가 미안해.
난 그만 살아도 상관없을 것 같아.
너를 키우는 동안 행복했다.

처음 유서를 봤을 때 펑펑 울었다. '그만 살아도 상관없을 것 같아'라는 말이 너무 슬펐다.

그리고 한동안 머릿속엔 그 여자 생각밖에 없었다. 아무도 말하지 않았지만, 분명 그 여자 때문에 죽었다고 생각한다, 나는.

엄마를 보낸 후 1년도 안 되어서 우리 집에 그 여자가 온 걸 보고 확신했다. 어떤 일에서 거쳐야 할 과정들이 생략되어 있을 땐 분명히 문제가 있는 법이니까. 그리고 안타깝게도 그건 나의 추리에서 그친 게 아니라, 사실로 확인되었다.

아빠가 알코올의 힘을 빌려 고백했으니까.

아빠는 엄마를 사랑했지만, 그 여자도 사랑하게 되었다고 했다.

지금부터라도 산 사람은 일단 살아야 한다고. 그래서 남은 시간은 그 여자와 살기로 했다고. 나는 그 말이 제일 듣기 싫었다.

많은 사람이 그랬다. 산 사람은 살아야 한다고. 그 사람들이 산 사람 입장을 알까. 그 말을 들을 때마다 '그러니까 산 사람은 어떻게 살아야 하는데요?'라고 따지고 싶었다. 그 소리를 아빠가 내게 되돌려 주고 있었다. 뻔뻔하기로 치면 세상 제일가는 변호사 같으니라고. 사랑이 뭔지 모르지만, 아빠는 머리가 어떻게 된 게 아닐까 생각했다.

아빠에 대한 분노가 가라앉으면, 이번엔 엄마에게 화가 났다.

'엄마는 내 생각은 하지 않았던 거야? 엄마는 아빠를 사랑한 만큼 나를 사랑하지 않았던 거야? 너를 위해서 무슨 일이든 한다고 해놓고, 왜 어른들의 문제를 결정할 때 가장 중요한 자식의 입장은 생각하지 않았어?'

대답 없는 질문을 퍼붓다 보면 눈물이 터졌다.

끝없는 화. 끝없는 눈물. 그보다 더 진이 빠진 건 끝없는 후회 때문이었다.

아빠가 병실에 오지 않았던 날, 나라도 엄마 옆에 있었다면 막을 수 있지 않았을까.

먹지도 못하는 아이스크림을 사 오라고 엄마가 짜증을 내던 날, 내가 얼른 사 왔다면 엄마의 마음이 바뀌지 않았을까. 제발 아이스 아메리카노 한 잔만 달라고 부탁하던 엄마에게 화를 내지 말았어야 했는데…….

아무리 의사가 주지 말라고 했어도, 나라도 줄걸.

별것 아닌 모든 행동을,

나는 후회하고 또 후회했다.

포장마차 천막에 엄마의 등뼈가 어른거렸다.

언제부터인가 엄마의 얼굴을 떠올리려고 하면 생선 가시 같던 등뼈가 떠올랐다.

이건 모두 포장마차와 어묵 국물 탓, 아니 어두침침한 조명 탓일 거야.

아니, 재수 없는 저 여자 탓일 거야.

마구잡이로 기억을 꺼내는 바람에 마음속에 뿌연 흙먼지가 일었다.

엄마도 그 여자처럼 다시 나타나면 좋겠다.

아니, 나타나지 않아도 좋으니 같은 하늘 아래 살아만 있으면 좋겠다. 그 생각을 하니 다시 슬펐다.

먼저 침묵을 깬 건 여자였다.

"결국, 너를 다시 만나게 됐구나. 이 말을 하려고 그랬나 보다."

"……."

"지수야. 아줌마가."

여자는 다시 소주를 들이켰다.

"정말, 정말, 미안해."

온몸에 스르르 힘이 빠졌다. 듣고 싶었지만, 듣고 싶지 않은 말이었다.

나는 가방을 들고 나가려다가 따졌다.

"뭐가 미안한데요?"

"……."

여자는 작은 유리잔 가득 소주를 채워 입속에 쏟아부었다. 우리 앞에서 마음 놓고 술을 마시다니. 그런 여자가 이상해 보였다. 나는 이죽거렸다.

"미안한 거 좋아하시네."

"미처 다하지 못한 어른들만의 말들이 있단다."

나는 그동안 마음에 맴돌던 말을 꺼냈다.

"우리 엄마, 아줌마 때문에 죽은 건 맞잖아요?"

여자의 눈시울이 붉어졌다.

"아니야……. 넌 모를 거야, 내가 받은, 벌 같은 세월을."

"왜 다른 소릴 해요?"

떨리듯 높아진 내 음성에 사람들이 하나둘 돌아보았다.

그때 술을 가누지 못한 여자가 퍽 소리를 내며 고꾸라졌다. 발그레했던 여자의 낯빛이 어느새 하얗게 질려 있었다. 화장실에서 돌아온 재인이가 날카로운 비명을 질렀다. 여자는 몸을 추스르지 못했다. 포장마차 주인이 나서서 여자의 몸을 흔들었다. 살짝만 몸을 비틀어도 여자에게선 술 냄새가 진동했다. 포장마차 주인이 물었다.

"너희들밖에 없니? 연락할 어른 없어?"

"가족한테 연락해 볼게요."

재인이가 여자의 휴대전화에서 가족을 검색했다. 남편도, 딸도 검색이 되지 않았다. 겨우 남동생을 찾아내서 전화했지만, 해외 로밍이 되어 있었다. 결국은 포장마차 아줌마가 콜택시를 불러야 했다. 재인이가 짐을 챙기며 말했다.

"내가 사장님 집은 알아. 같이 갈 거지?"

재인이에게 좀 그렇지만, 나는 분노로 이글거리는 마음을 누르며 말했다.

"아니."

미성년자 두 명이 성인의 보호자가 되다니 뉴스에 날 일이었다.

그때 재인이가 씩씩댔다.

"에이 씨. 너 진짜 못됐어!"

재인이는 뒤도 안 돌아보고 택시에 올랐다. 둘을 태운 택시는 천천히 사라졌다.

포장마차의 짧은 낭만은 그렇게 끝났다.

09
바다로 가는 길

끝내 재인이에게 물어볼 수 없었다.

혹시라도 엄마 이야기를 재인이에게 얘기한 건 아닌지. 했다면 어떻게 얘기했을지.

잘못한 측에서는 언제나 사실을 축소, 은폐하거나 왜곡하는 경향이 있다. 그러니까 재인이는 여자로부터 잘못된 이야기를 전해 들었을 확률이 높을 것이며……. 거기까지 생각이 이어지자 나는 마음속으로 소리쳤다. 생각 중지, 생각 그만!

이런 날 햇살 속으로 직진 모임이 있어서 다행이었다. 순간 움찔했다. 다행이라는 마음이 들다니…….

'내가, 지금, 기다리고 있었던 거야?'

멍때리며 다녔던 시간을, 기다리다니.

때마침 은유정 선생님이 자신의 새 차를 선보이는 날이었다. 운전자의 작은 체격과 어울리지 않게 큰 SUV였다. 반짝거리며 매끈한 범퍼는 제주도에서 갓 잡은 갈치의 싱싱한 광택을 닮아 있었다.

"차 바꾸면 먼저 여러분과 드라이브를 하겠다고 약속했죠? 기분 좀 낼 겸 드라이브 어때요?"

"와! 축하합니데이! 물어볼 것도 없이 좋지예!"

순애 아줌마가 손바닥이 붉어질 만큼 요란하게 손뼉을 쳤다. 나도, 진익수 씨도, 서연이도 반대하지 않았다. 멤버들이 모두 탑승하니 차 안은 금세 꽉 찼다.

"샘요, 차 진짜 좋습니데이. 인자 어디로 갑니꺼? 설마 이 동네 한 바퀴 돌고 끝 아니지예?"

자리 한 칸 반을 차지한 순애 아줌마의 화통 삶아 먹은 목소리가 차 천장을 뚫고 나갔다. 평소에 귓속말하면 밖으로 들리는 성량의 보유자다웠다.

"일단 따라오세요."

은유정 샘의 말에 진익수 씨가 웃음기 묻은 목소리로 말했다.

"그래도 어딘지 알고 갑시다."

"설마 우리 납치하는 거 아니죠?"

내 말에 모두 웃었다.

은유정 샘이 여유로운 표정으로 읊었다.

"제가 답답할 때마다 찾는 곳이 있거든요. 가는 동안 게임도 하고 그러세요, 지루하지 않게."

"하기야, 샘이 나쁜데 데려가겠나?"

우리는 모처럼 시끄럽게 떠들었다. 덕분에 어제의 무거운 기분을 조금 잊을 수 있었다. 30분쯤 달렸을까. 비린 냄새가 창틈으로 스며들었다. 그때 진익수 씨의 저음이 울렸다.

"음……. 바다네요."

창밖으로 탁 트인 수평선이 보였다. 오랜만에 바다를 보니 시원했다.

모두가 호들갑을 떠는 가운데 서연이만 움직임이 없었다. 하얗게 질린 얼굴이 딱 봐도 아파 보였다.

"서연아 왜 그래?"

서연이의 왼쪽 볼이 조금씩 씰룩거렸다. 눈 밑도 바르르 떨렸다. 서연이가 자기 손으로 얼굴을 감싸며 말했다.

"저는 차 안에 있을게요."

은유정 선생님이 깜짝 놀라며 되물었다.

"왜요?"

"바다를 안 좋아해서요."

씰룩였던 서연이의 볼이 조금씩 제 자리를 찾았다. 은유정 선생님이 걱정스러운 표정으로 물었다.

"괜찮겠어요? 어디 아픈 건 아니고?"

서연이는 고개를 저었다. 나는 의아했다.

'바다를 싫어하는 사람도 있나?'

그런 서연이가 은근히 신경 쓰였다. 그리고 인심 쓰듯 툭 내뱉었다.

"같이 있어도 되는데."

"됐어."

"생리통이면, 나한테 진통제도 있는데."

서연이가 슬쩍 쳐다봤다.

"괜찮아."

그때 순애 아줌마가 쩌렁쩌렁한 목소리로 정리했다.

"그라마 우리는 사진만 좀 찍고 올께예. 서연양 차 안에서 좀
쉬고 있으소."

서연이가 힘없이 대답했다.

"네."

평일의 바다는 한적했다.

바닷바람에 헝클어진 머리카락이 간간이 볼을 매섭게 때렸다.
모두 바다를 앞에 둔 채 생각에 잠긴 얼굴이 되었다.

일렁이는 파도 위에서 느닷없이 어젯밤 여자의 만취한 얼굴이
떠올랐다. 여자의 얼굴에 꼬리를 물고, 아빠의 얼굴, 끝내 엄마의
얼굴까지 떠올랐다. 희미한 엄마의 실루엣이 파도를 따라 밀려왔
다가 다시 쓸려 내려갔다. 나는 고개를 세차게 흔들었다. 그리고
파도에서 눈을 떼지 않은 채 물었다.

"선생님, 복수해 본 적 있어요?"

은유정 선생님이 놀란 표정을 지었다.

"왜요, 복수하시게요?"

"네."

"누구한테요?"

"……."

"있잖아요, 복수에는 양날의 칼이 있대요."

"네?"

"상대방을 찌르는 만큼 반대의 칼날로 나를 찌르게 되어 있대요."

그런 꼰대 같은 연설이나 듣자고 물어본 게 아니었다.

"그래서 선생님은 복수해 본 적 있어요?"

"저라고 왜 없겠어요."

"어떻게 했는데요?"

은유정 선생님이 안경을 매만지며 답했다.

"복수를 안 하고 잘 사는 게 최고의 복수랍니다."

"헐."

"내가 상대방을 미워한다고 해서, 내가 괴롭겠어요, 상대방이 괴롭겠어요?"

"아우. 선생님은 그래서 선생님인 거예요."

진익수 씨가 끼어들었다.

"지수 씨는 누가 그렇게 밉습니까?"

"있어요. 내 힘으로 최대한 불행하게 하고 싶은 사람."

이번에는 은유정 선생님이 물었다.

"무슨 힘으로?"

"저 힘세거든요?"

"힘이 있다고 막 쓰는 게 힘이 아니죠. 조절할 줄 아는 게 진짜 힘인 거예요. 그리고 복수했다 치고, 다음은?"

"내 알 바 아닌데요?"

은유정 샘이 차분한 목소리로 되뇌었다.

"하세요. 지수 씨가 하고 싶으면 하셔야지요. 그런데 내 복수는 원래 하늘이 해 준대요."

가톨릭 신자답게 종교적인 솔루션이었다. 나는 그런 따분한 말이나 듣자고 물어본 게 아니었다. 그때 순애 아줌마가 파도를 향해 큰소리로 외쳤다. 얼마나 목소리가 큰지 바닷물이 갈라져도 이상하지 않을 정도였다.

"바다야 잘 있었나!"

우리는 모두 하던 이야기를 멈추었다.

"지수 양이 너무 심각한 얘기 중이라 내가 말을 팍 끊었심더. 기분 좋은 소풍날인데 안 그렇십니꺼."

모두 씩 웃었다.

"진익수 씨, 바다에 온 김에 내 소원이 하나 있그든예. 부탁 하나 해도 되겠습니꺼?"

진익수 씨가 미소를 지어 보였다.

"한 번만 안아 봐도 되겠습니꺼?"

"바닷가 오니까 감성이 폭발하는 거예요?"

내 말에 아줌마가 웃었다. 진익수 씨가 멋쩍은 표정으로 어깨를 으쓱했다. 50대 아줌마 특유의 박력이 청년의 몸을 순식간에 제압했다.

"삼십 초. 사십 오 초. 일 분. 띠띠띠 띠."

카운트다운 시늉에도 아줌마는 움직임이 없었다. 아줌마의 어깨가 조금 들썩거렸다.

"일 분 넘었어요!"

그제야 아줌마가 손을 뗐다. 그녀는 두 손으로 얼굴을 비비며 마른세수를 했다. 콧방울이 금세 빨개졌다.

"좋아서 그라지예. 아이고 주책이다."

말과는 달리 서늘한 목소리였다.

"어찌 그래 우리 아들하고 살결이 똑같노. 입매도 똑같고예. 살아 있으면 딱 익수 씨 맨치로 덩치가 클 텐데. 내가 처음에 익수 씨 얼굴을 보는 순간 심장이 철렁 했어예."

"아……."

순간 누구도 침범할 수 없는 고요가 일었다. 파도 소리만 철썩철썩 울려 퍼졌다.

"꼭 한번 안아보고 싶었는데, 오늘 소원 성취해뿌렀다. 어디가서 이런 얘기 안 하는데."

그때 은유정 선생님이 제안했다.

"자매님, 잘하셨어요. 아드님이 듣고 있다고 생각하시고, 안부 전해보셔요. 바다를 향해 크게요."

"그래 보까예!"

순애 아줌마는 손나팔을 만들었다. 아랫배에서부터 우러나는 우렁찬 목소리가 바다 위로 흩어졌다.

"백상훈! 니 잘 있나!"

씩씩한 목소리였지만, 떨림까지 숨길 수는 없었다.

"느그 엄마 열심히 살고 있데이. 하늘에서는 영원히 같이 살재이! 며느리도 보고 내가 네 손자도 키워주고 하꾸마. 알겠나, 이 자슥아."

순애 아줌마 뺨에 눈물이 흘러내렸다.

진익수 씨가 손수건을 내밀었다. 손등으로 눈물을 찍어내는 아줌마의 표정이 어두웠다. 아줌마는 손수건에 얼굴을 파묻고 흐느꼈다. 흐느낌은 점점 통곡으로 바뀌었다.

자식을 잃은 부모의 울음이란 게 저런 걸까. 그건 사람의 소리라기보다 산짐승의 울부짖음 같았다. 아줌마는 모든 걸 토해내듯 울었다. 보는 나까지 눈시울이 붉어졌다.

흐느낌이 조금씩 잦아지자, 진익수 씨가 순애 아줌마의 손을 잡았다.

"음……. 아드님은 늘 엄마 곁에 있을 거예요."

아줌마가 눈물을 훔치다 말고 말했다.

"캬. 우리 익수 씨는 마, 엄유시인이네예. 엄, 유, 시인."

아줌마가 말을 이었다.

"지수 씨, 복수하고 싶다꼬 했지예? 내가 복수 얘기는 쪼매 할게 있는데, 함 들어 볼래예?"

듣던 중 반가운 소리였다.

"우리 아들이 열다섯 살 때거든예."

열다섯. 내가 한창 어른들과 싸우던 시절이었다. 그 시간 아줌마의 아들도 누군가와 싸우고 있었다니……. 하긴. 이 세상에 평화로운 열다섯 살이 있을까.

"길바닥에서 피투성이가 돼서 쓰러져 있대예."

가슴이 뛰었다.

"꿈꾸는 것 같더라고예. 멍해가지고예, 대로변에 누워있는 우리 아를 막 흔들면서, 니 와 여기 있노. 얼른 엄마랑 집에 가서 저녁 묵자. 니 와 그라고 있노."

아줌마가 다시 흐느꼈다.

"치마폭 안에 우리 아들 뿌사진 몸을 하나하나 포개 담았다 아입니꺼."

소름이 돋았다.

"얼마나 심하게 사고가 났는지, 산산조각이 났어예. 그래도 내새끼라 그런지 그것마저도 예쁜 아들, 치마폭에 담고 일어서는데예, 고마 기억이 안나예. 길에서 기절을 했는가봐예."

여기저기서 훌쩍거렸다. 순애 아줌마의 허허실실 웃는 얼굴에 저렇게 끔찍하고 가슴 아픈 사연이 숨어있다니, 자꾸만 목구멍이 따가웠다.

"아들 잡아먹은 년처럼 숨어 살았어예. 자식 앞세운 년이 뭔 낯짝으로 살겠어예. 죄인이지예."

"누가요? 누가 죄인이래요?"

그 말에 화가 나서 따졌다. 그때 은유정 선생님이 아줌마를 안았다. 은유정 선생님이 그렇게 슬프게 우는 모습은 처음이었다. 옆에 있던 진익수 씨도, 나도 그만 울어버렸다.

비로소 훈이 아저씨가 말한 '같은 처지'라는 게 실감이 났다.

같은 아픔끼리 만나 같은 종류의 눈물을 흘리는 곳. 부둥켜안은 울음들이 천천히 파도 속으로 사라졌다. 눈치 없는 바다만 눈부시게 반짝거릴 뿐이었다. 나는 수평선을 보며 얼굴도 모르는 소년에게 말을 건넸다.

'이젠 편하게 지내.'

파도가 철썩철썩 소리를 냈다. 마치 내 말을 듣기라도 한 것처럼.

그때 은유정 선생님이 충혈된 눈으로 제안했다.

"저……. 우리, 괜찮으시다면, 모두 믿음이 있는 분들이니까 제안을 하나 해도 될까요? 다 같이 기도 어때요? 상훈 형제님의 안식을 위해서요.”

당황스러웠다. 모태 신앙으로 세례를 받았지만, 남을 위한 기도를 해 본 적은 없었다.

“아이고, 기도까지 해 주시면 고맙지예! 우리 은유정 샘은 천사라예, 천사.”

순애 아줌마가 좋아하는 모습을 보니 안 한다고 말할 수 없었다.

우리는 상훈이를 위한 기도를 읊었다. 정말 상훈이가 편안했으면 좋겠다는 마음으로.

이래서 사람 앞일은 모르는 거다. 모르는 아이를 위해서 기도를 하다니. 한때 독실한 가톨릭 신자였던 엄마가 알았다면, 놀랄 일이었다.

한참 동안의 기도 끝에 아줌마가 못다 한 이야기를 꺼냈다.

“교복 입은 머스마들만 보면 쫓아가서 몇 번이나 상훈아! 하고 얼굴을 확인 했어예. 돈 번다고 바빠가꼬 우리 아 볼 시간이 없었던 걸 얼마나 후회하는지 압니꺼. 아들이 그래 갔는데 애미 니는 밥이 목구멍에 쳐들어가나 싶은 게, 밥도 못 묵고예. 근데예,”

아줌마가 느닷없이 내 얼굴을 쳐다보았다.

“지수 양, 복수 물어봤지예?”

“네.”

“우리 아들 왕따시켜서 죽게 만든 새끼들, 잠바에, 가방까지 뺏어 간 놈들, 내 손으로 사지를 찢어 죽일 거다, 하면서 빠득빠득 버렸거든예."

다시 목이 따끔거렸다.

"돈으로 처리하고, 쉬쉬하고, 전학 가는 걸 끝까지 쫓아다녔어예."

"와!"

"학교 정문에서 눈, 비 맞으며 시위도 했지예. 죽을 때까지 빨간 줄 따라다닐 겁니더."

등골이 오싹했다. 복수란 그런 거다. 내 삶이 무너진 만큼 상대의 인생도 주저앉는 것. 내가 가장 소중한 것을 빼앗겼듯이 상대에게도 가장 절실한 것을 앗아 오는 것. 아, 멋있어!

나는 몇 번이나 닭살이 돋았다. 어쩌면 오래된 영화 속의 친절한 금자씨는 순애 아줌마로 다시 환생했는지도 모른다. 순애 아줌마가 전사 같았다.

씩씩거리던 아줌마가 깊은 한숨을 내쉬었다.

"시작은 통쾌한데예, 끝이 지랄 맞아예."

"예?"

"허무합니더."

나는 고개를 갸웃했다. 해야 할 일을 했을 뿐인데 허무하다니.

"결국, 내만 뼁이 났다 아입니꺼. 가슴에 탁구공만 한 혹도 잘라내고예. 어느 날 꿈에 상훈이가 나타나서는예, 엄마 제발 편하게 살라고 부탁을 하대예. 엄마가 무너지는 걸 보면 하늘에서도 지 마음이 아프다고 서럽게 울대예. 같이 안고 울다가 꿈에서 깼는데예, 생각해 보니 그런 어미 모습을 보면 괴롭겠더라고예."

나는 조심스럽게 물었다.

"그래도 시원하잖아요?"

"그런 건 있는데예, 돌아오지 않는 건 우리 아들과 내 인생이라예. 그 뒤로는 아들 곁에 갈 날만 손꼽으면서 이렇게 실없이 삽니더."

아줌마의 팔자 주름에 깊은 근심이 맺혔다.

그때 드륵드륵 휴대전화가 울렸다.

- 왜 안 와?

서연이였다.

- 잠깐만. 심각한 얘기 중.

- 빨리 와.

- 심심하면 나와.

- 빨리 와. 부탁이야.

서연이가 좀처럼 쓰지 않는 '부탁이야'라는 표현이 마음에 걸렸다.

조금 더 복수의 디테일을 듣고 싶었는데……. 은유정 선생님에게 서연이의 문자를 보여주자, 선생님은 서둘렀다. 바다를 뒤로하고 우리는 주차장으로 향했다. 서연이의 얼굴은 땀으로 흥건

했으며 눈까지 부어 있었다.

"잠깐만요. 아파 보여요. 어디가 정확히 아픕니까?"

진익수 씨의 눈빛이 날카롭게 변했다. 그가 '같은 처지'에서 의료인으로 바뀌는 순간이었다. 서연이가 짜증스럽게 말했다.

"언제 가요?"

서연이는 얼굴을 찌푸렸다. 은유정 선생님이 급히 운전석에 앉았다.

"출발하겠습니다. 제겐 의미가 깊은 곳이라서 왔는데……. 지금 그게 중요한 게 아니네요."

창문 뒤로 바다가 조금씩 멀어지고 있었다. 바다가 멀어지면 멀어질수록 서연이의 표정이 조금씩 되돌아왔다. 바다를 벗어난 지 한참이 지나서야 순애 아줌마가 물었다.

"쌤. 어떤 의미가 있는 곳인데예?"

은유정 선생님이 능숙하게 운전하며 말했다.

"좀 슬픈 얘긴데, 말해도 될까요?"

"그라믄예. 궁금하니까 물어봤지예."

"주상절리 쌍둥이 기둥 보셨죠? 제가 틈날 때마다 술도 붓고, 순찰을 하고 있거든요."

여자가, 그것도 혼자서, 이토록 위험한 곳을 다니다니. 의외였다. 나뿐만 아니라 다들 당황하는 것 같았다. 그때 순애 아줌마가 큰 목소리로 말했다.

"아이고, 그렇습니꺼. 부지런도 하셔라."

그동안 아줌마의 말에 끼어드는 게 재미있었는데 지금은 차마 그럴 수 없었다. 그러거나 말거나 능청스럽게 흥을 돋우는 아줌마였다.

"그동안 순찰하느라 맨날 눈에 핏발 서 있었던 건가봐예."

자동차 룸미러에 비친 은유정 선생님의 표정이 조심스러웠다.

"계속 얘기해도 안 불편하실까요?"

"마, 해주이소. 내도 다 얘기했다 아입니꺼."

"그래요, 누구든 불편하시면 말씀하세요."

"순찰 다니다가 만난 사람도 있고 그럽니꺼?"

순애 아줌마가 눈을 끔뻑거리며 물었다.

"가끔……. 신발이 발견되기도 해요. 신발을 벗어서 나란히 두는 건 '나를 찾아 주세요.'라는 간절함이거든요."

"아, 그렇습니꺼."

"작년에 앉아 계신 할아버지를 봤어요. 담뱃불을 세 번째 붙여 드렸을 때 입을 여시더라고요. 죽을 날만 기다리고 사는데, 좀 더 일찍 죽는다고 그게 큰 잘못이겠냐면서요."

순간 엄마 생각이 나서 울컥했다.

엄마도 그랬을까. 어차피 죽을 거 조금 더 일찍 죽고 싶었을까.

"그 눈빛이 지금까지 생각나요. 동이 틀 때까지 대화하고, 댁까지 모셔 드렸죠. 제가 굳이 이런 말씀을 드리는 건, 혹시 나중에 저와 같이 이 일을 하고 싶으신 분이 계시면, 같이 다니고 싶은 바람이 들어서랍니다."

아줌마가 손뼉을 치며 칭찬했다.

"고생 많았습니다. 좋아예, 같이 댕깁시다. 내가 오늘 여기에 온 게 우연이 아닌가 보다. 상훈이가 얼마나 좋아하겠노, 엄마 멋있다고. 상훈이를 그래 보냈어도, 또 그런 일이 없으면 좋겠거든예."

우리의 떠들썩한 이야기에도 서연이는 동참하지 않았다. 이어폰으로 귀를 틀어막고 있을 뿐이었다.

우리의 바다 여행은 그렇게 끝났다.

여행 뒤의 변화라면 서연이가 두 번이나 햇살 속으로 직진을 결석했다는 것.

내 문자를 열한 번 모른 척했다는 것.

아줌마에게 진익수 씨가 더 깍듯해졌다는 것.

그리고 아줌마를 향한 나의 태클이 줄었다는 것이다.

❿
내가 모르는 시간

바다를 다녀온 사이, 재인이의 시간은 아직도 포장마차에 머물러 있는 모양이었다.

- 몇 번이나 쓰고 지웠다가 보내. 나한테 물어볼 거 없어?

- 뭔 소리?

- 먼저 말하길 기다렸는데……. 사장님하고 너, 뭐야?

- 나중에 말할게.

- 겁나 짜증. 어이없음.

글자만 봐도 섭섭함이 느껴졌다. 바꿔 생각하면 재인이가 화를 낼 만했다. 그러나 아무리 친해도 공유할 수는 없는 비밀이 있다. 아니, 말할 수 있는 비밀은 비밀의 범주에 들지 않는다. 재인이의 비밀이라면 교회 오빠와의 스킨십 정도였다. 거들먹대는 게 아니라 내 비밀의 무게와 차원이 다르다는 얘기다.

- 난 너한테 뭘까.

한참 뒤에 온 재인이의 문자였다. 아무 답도 할 수 없었다. 재인의 말이 틀린 건 아니니까.

까칠한 내가 고등학교에 들어와서 녀석과 친해진 건 솔직함 때문이었다. 재인이는 못 하는 이야기가 없었다. '이건 비밀인데' 또는 '너만 알아, 어디 가서 얘기하지 마'와 같이 비겁한 단서를 달지 않았다. 하지만 나는 엄마 얘기 만큼은 할 수 없었다.

가끔 엄마 이야기를 물으면 대충 둘러댔다.

"안 계셔."

"이혼했어?"

그럴 때면 피식 웃어넘겼다. 사실대로 말을 하고 싶지 않아서 였다. 그렇다고 거짓말이 하기는 더 싫었다. 아파서 돌아가셨다 거나, 그 이야기는 하고 싶지 않다는 식으로 다른 표현을 찾아서 둘러대려다가 입을 닫았다. 그런데 재인이가 다시 묻고 있었다. 일단 그 여자 얘기를 하려면 엄마 이야기부터 해야 했다. 이야기 한다면 어디서부터 어디까지 해야 할지 엄두가 나지 않았다. 그 리고 조금만 해도 될지 다 해야 할지도. 너무 아픈 얘기를 이야기 하는 게 맞는 건지 아닌 건지도 헷갈렸다.

어쨌든 내가 그 여자와 엮이지 않으려면 방법은 하나다. 꽃수 레에 가지 않아야 한다. 비록 재인이가 오해할지라도.

나는 밤새 고민 끝에 결론을 내렸다. 재인에게 여자와의 악연 을 말하고 다시는 꽃수레에 가지 않겠다는 결심을 했다. 나름대 로 합리적인 결정이었다.

뭔가 비장한 마음으로 꽃수레로 향할 때였다.

가게 문을 닫고 나오는 여자의 모습이 보였다. 여자는 야구 모자와 하얀 장갑을 낀 채 등산복 차림이었다. 등에는 커다란 배낭까지 메고 있었다. 여자의 등 뒤로 노을이 내려앉았다.

꽃수레 문 앞, 여자의 가방에서 뭔가 흘러내렸다. 여자는 그것도 모르고 성큼성큼 걸었다. 나는 본능적으로 허리를 굽혔다. 두툼한 빨간색 가죽 지갑이었다. 열어보니 몇 장의 카드와 신분증이 있었다. 주민등록증에 인쇄된 여자는 꽤 젊은 시절의 얼굴이었다. 나는 지갑을 다시 바닥에 내려놓았다. 그리고 도로 한쪽에 서 있었다. 여자가 내 시야에서 사라지기를 기다리면서. 그때 여자가 멈춰 섰다. 여자의 가방 안에서 한 뭉치의 전단이 나왔다.

'가게 홍보 전단인가?'

여자는 익숙한 손으로 전단을 꺼내어 나눠 주고 있었다.

"사람을 찾습니다. 꼭 한 번 봐주세요!"

한 번도 본 적 없는 여자의 낮은 자세였다. 사람들은 여자의 팔을 뿌리치거나 못 본 체했다.

"제가 이사 온 지 얼마 안 되어서 처음 나왔거든요. 꼭 한 번만 봐주세요. 사람을 찾습니다, 꼭 한 번 봐주세요!"

여자는 장갑을 벗어 던지고 전단을 돌렸다. 두툼했던 종이 뭉치가 금세 얇아졌다. 누군가 버린 전단이 바람을 타고 날아왔다. 나는 잽싸게 뒷걸음쳐 전단을 낚아챘다.

이름: 장해윤.

나이: 18세

인상착의: 둥근 안경을 쓰고, 마른 체형임.

　　　　　쌍꺼풀 있는 큰 눈. 이마가 짱구이며, 왼쪽 어깨에 큰 점,

　　　　　오른쪽 귓불이 갈라진 특징이 있음.

연락처: 010-000-0000

엄마가 애타게 기다립니다. 보신 분은 꼭 연락을 주세요.

기가 막혀서 말이 나오지 않았다.

'아니, 얘는 왜 또?'

해윤이라면 학교와 집밖에 모르는 모범생이었는데.

불길한 생각이 꼬리를 물었다.

그때 갑자기 떠오른 기억이 있었다.

"혹시……."

해윤이가 마지막으로 시골을 찾았던 중3 여름이었다.

녀석은 캔버스에 종일 풍경만 그렸다.

살이 빠졌으며, 부쩍 말이 준 모습이었다.

그 무렵 나와 여자의 갈등은 절정이었으므로 해윤이의 변화 따위가 신경 쓰일 리 없었다.

언젠가 여자가 용돈을 주며 생색을 내던 날이었다.

"둘이서 망고 빙수 사 먹을래?"

그래 봤자 아빠의 많은 재산 중 티끌 하나를 주면서. 나는 반항심이 타올랐다. 그리고 보란 듯이 여자가 준 돈을 쫙쫙 찢었다. 초록색 세종대왕의 눈, 코, 입이 제멋대로 너울거리며 바닥으로 떨어졌다.

"됐거든요?"

지켜보던 여자의 턱이 부들부들 떨렸다. 지폐 조각을 줍는 여자의 손끝도 떨렸다.

마당에서 그림을 그리던 해윤이가 붓질을 멈췄다. 그리고 우리를 오래도록 쳐다보았다. 여자는 찢어진 돈을 주머니에 넣고 다른 돈을 건넸다. 애써 괜찮은 척하는 말투였다.

"그러지 말고 먹고 와."

나는 그 돈마저 휙 던졌다. 만 원짜리가 여자를 조롱하듯 팔락거리며 바닥에 떨어졌다. 여자는 눈을 내리깔더니 마당을 나섰다.

그날 해윤이는 오래도록 내게서 눈길을 거두지 않았다.

"뭘 봐?"

해윤이는 답이 없었다. 나는 해윤이에게 쏘아붙였다.

"왜. 너도 당하고 싶냐?"

해윤이가 내 얼굴을 뚫어지도록 쳐다보았다.

"넌 우리 엄마의 모든 게 싫어?"

"보면 모르냐?"

"나도 엄마 딸이라서 싫은 거야?"

"잘 아네."

"엄마, 그렇게 나쁜 사람 아니야."

"네가 뭘 알아?"

"왜 몰라? 딸인데?"

"딸이니까 모르지!"

"왜 나쁜 사람인데?"

"첫째, 바람났어. 둘째, 우리 엄마를 죽였어. 셋째, 자식을 버렸고, 넷째,"

"잠깐만."

해윤이의 얼굴이 하얗게 질렸다. 해윤이는 한 마디마다 꼭꼭 씹듯이 되물었다.

"너희 엄마를 죽였다니, 무슨 말이야?"

나는 해윤이를 노려보며 말했다.

"궁금하면 엄마한테 물어보시던가."

해윤이가 무릎이 풀린 사람처럼 잠시 비틀거렸다. 그러다가 다시 이젤을 잡고 반듯하게 자세를 잡았다.

"오해일 거야."

"오해 좋아하시네."

"그리고, 엄마가 나 버린 거 아냐. 같이 안 살 뿐이야."

"너 참 멍청하다. 아직도 엄마를 믿냐?"

"엄마를 안 믿으면 누굴 믿어?"

"엄마도 자식을 버리거든요, 특히 네 엄마는요?"

해윤이가 눈을 똑바로 뜨고 쳐다보았다.

"그럼 너희 엄마도 널 버린 거겠네?"

그 말에 할 말을 잃었다. 다시 해윤이를 공격할 말을 찾아야 했다.

"됐고. 아빠 원래부터 같이 살 생각이 없고. 네 엄마도 네가 알아서 연락을 끊기 바라거든?"

해윤이의 까만 눈동자가 이리저리 흔들렸다.

"엄마가 그래?"

"당연하지."

완전히 지어낸 말이었다. 해윤이는 입을 다물었다.

"그래서 생활비가 안 왔구나. 할머니가 힘들어하셨는데…….
혹시 내가 오는 것도 싫어하셨니?"

들릴 듯 말 듯한 해윤이의 말에 내가 쐐기를 박았다.

"당연하지. 눈치껏 살아라, 응?"

해윤이는 입을 앙다물었다.

"알았어. 한마디만 할게. 네 엄마가 돌아가신 건 안 됐지만, 우리 엄마가 죽인 건 아니야."

"아니. 너희 엄마 때문에. 우리 엄마가 죽었어."

나는 뭐에 씐 듯 해윤이를 몰아세웠다. 해윤이가 충격을 받으면 받을수록 더 험하게.

해윤이는 고개를 떨어뜨린 채 물감 뚜껑을 닫았다. 천천히 뚜껑을 닫는 해윤이의 손가락이 떨렸다. 물감 위에 해윤이의 눈물이 후드득 쏟아졌다.

다음날 해윤이는 눈이 퉁퉁 부은 채 집을 나섰다.

그게 마지막이었다.

다시는 해윤이를 만날 수 없었다.

내가 여자와 멀어진 사이, 해윤이도 엄마와 멀어진 모양이었다.

'분명히 그날 이후에 못 봤어. 그렇다고 가출하냐?'

그렇지만, 좀 심하게 몰아붙인 게 떠올라 마음 한구석이 찜찜했다.

'뭐, 그러거나 말거나.'

여자는 바닥에 떨어진 전단을 주워서 고무줄로 묶었다. 그리고 전봇대에 포스터를 붙이기 시작했다. 여자가 소매 끝으로 사진 속 딸의 얼굴을 닦았다.

그 모습이 어쩐지 쓸쓸해 보였다.

⑪
암중모색

"대박. 그러니까 사장님 딸이 실종된 거야?"

재인의 눈이 휘둥그레졌다.

"가출한 건가? 유괴?"

녀석은 소름 끼친다는 표정이었다.

"혹시 가출한 적 있냐고 묻더니, 그래서 그랬나?"

재인이가 걱정스러운 얼굴로 말했다.

"실종 신고는 했을까?"

"했겠지 뭐. 가출하는 애들이 한둘도 아니고."

"그런가?"

잠깐의 침묵이 흘렀다.

"있잖아."

재인이가 슬그머니 내 눈치를 봤다.

"뭐?"

"아, 아니다."

나는 읽다 만 웹툰을 클릭했다. 재인이는 휴대폰을 만지작거렸다. 그렇게 우리는 한동안 각자의 시간에 몰입했다. 하지만 재인의 키득대는 소리 때문에 집중이 되지 않았다.

"웃기는 거 봐?"

"응. 뚫어뻥 아저씨."

"백 번 넘게 봤잖아?"

"겁나 재미있어."

"뭐가 그렇게 재미있어?"

"야. 우리 뚫어뻥 님 욕하지 마."

그때 좋은 생각이 났다. 그 정도 웃기는 건 재인이도 가능할 것 같았다.

"너도 해봐."

"뭘?"

"노래. 유튜브에 올려 봐."

"하루에도 몇천 명이 올릴 텐데?"

재인이는 평소답지 않게 입을 삐죽거렸다.

"그러니까 콘셉트를 잡아야지."

"누가 볼까?"

"내가 '구독'과 '좋아요' 팍팍 누를게. 여기저기 퍼다 나르고."

나는 재인이를 부추겼다. 재인이가 고개를 갸웃거렸다.

"한 번 해봐?"

재인이는 일단 결심하면 망설임이 없었다. 그리고 잔뜩 흥분한 목소리로 이야기를 꺼냈다.

"오디션 때 왔던 걔 있잖아."

"서연이?"

"같이 데리고 올래?"

"내버려 둬. 그때도 겨우 끌고 간 거야."

재인이가 팔짱을 끼더니 콧소리를 내며 말했다.

"지수야. 난 걔랑 안 친하니까 네가 좀 부탁해주면 안 될깡? 걔를 주인공으로 끝내주는 뮤비를 만드는 거징. 겁나 예쁘더라."

"지금 서연이가 한가롭게 놀 상황이 아닐걸."

"무슨 상황인데?"

"연락돼야 물어보던가 하지."

"전화 안 받아?"

"응"

"집 안다고 하지 않았어?"

"알긴 아는데……."

바다에 다녀온 뒤부터 서연이는 전화를 안 받았다.

"다시 해 봐. 받을 때까지."

나는 재인이가 보는 앞에서 전화기 버튼을 눌렀다. 규칙적인 통화 연결음이 50초간 울리다가 멈췄다. 이번에는 재인이가 자신의 휴대전화기로 전화를 걸었다. 그리고 재인이는 어깨를 으쓱했다.

"받는데?"

나는 얼른 재인이의 전화를 낚아챘다. 화가 머리끝까지 솟았다. 내가 바닷가에서 얼마나 신경 썼는데. 얼마나 전화를 했는데!

"왜 내 전화만 안 받아?"

"……. 누구 폰이야."

잔뜩 쉰 목소리였다.

"재인이 거다, 왜."

"……."

"512호는 괜찮냐?"

"……."

"나와. 할 얘기가 있어."

그때 재인이가 전화기를 뺏었다. 재인이는 바닥에 쭈그려 앉아서 한참을 이야기했다. 꽤 긴 시간이 흘렀다. 전화기가 뜨거워서 만질 수 없을 때까지 통화는 끝나지 않았다.

한 시간 뒤, 서연이가 나타났을 때 나는 내 눈을 의심했다. 재인이는 몸을 배배 꼬며 말했다.

"서연아, 나와줘서 고마워."

둘이 언제부터 친했다고, 저렇게 다정하다니. 재인이가 어떻게 서연이를 구워삶았는지 놀라울 따름이었다.

"재인아, 도대체 뭐라고 한 거야?"

"비밀."

재인이도, 서연이도 씩 웃었다.

그때 문자가 도착했다. 처음 보는 번호였다.

– 서연이 엄마야. 그동안 서연이가 아팠어. 난 건물 주차장에 있을 테니 끝나면 좀 알려줄래? 서연이한테는 말하지 말고. 얘기가 길지 않으면 좋겠구나.

서연이 몰래 뒤따랐을 족제비의 모습이 상상이 갔다. 엄마가 귀찮다고 한, 아니 아프다고 한 서연이의 말이 뭔지 조금은 알 것 같았다.

나는 서연이를 보자마자 툴툴거렸다.

"죽을병 걸렸냐? 전화도 못 받게?"

서연이가 힘없이 웃으며 말했다.

"응. 죽을 뻔했다. 미안."

"이젠 괜찮냐?"

서연이가 고개를 끄덕거렸다. 재인이가 배시시 웃으며 말했다.

"전화로 얘기 한 대로, 중요한 부탁을 하고 싶은데."

재인이가 거기까지 말하고 씩 웃었다. 서연이가 우리를 동시에 쳐다봤다.

"네가 꼭 필요해."

이번에는 내가 끼어들었다.

"뮤직비디오를 만들 건데 뒤에서 병풍 좀 하래."

재인이도 덧붙였다.

"그 얼굴 방구석에서 묵힐 거면 나 좀 줘."

서연이가 피식 웃었다.

"넌 그냥 서 있기만 하면 돼."

서연이가 반짝이는 눈으로 물었다.

"그런 거, 부모님들이 되게 싫어하겠지?"

재인이가 고개를 끄덕였다.

"그럴걸."

서연이가 야무진 입매로 말했다.

"할 거면 확실하게. 소문낼 수 있지?"

"당근이지!"

재인이가 확신에 찬 표정으로 고개를 끄덕였다. 서연이는 잠시 눈을 내리깔았다.

"그래. 하자."

"정말?"

재인이가 환호를 내질렀다. 서연이의 느닷없는 변심이 놀라웠다. 언제 봐도 그 속을 모를 아이다.

"왜 갑자기 변했어?"

내 말에 서연이가 답했다.

"그 사람, 놀라서 기겁 좀 해 보라고."

그러니까 엄마에 대한 반항심으로 한다는 얘기였다. 아무튼,

따질 것도 없이 재인이에겐 고마운 일이었다. 서연이는 시선을 거두지 않고 물었다.

"어디서 찍을 건데?"

"아직 몰라."

"우리 집은? 홈시어터 방도 있어."

재인이가 부끄러운 말투로 답했다.

"고마워 서연아. 넌 정말 구세주다."

우리는 바로 실행에 옮겼다. 불과 이틀 만의 일이었다.

현관에 선 우리를 보고 서연이 엄마는 얼어붙은 표정이었다. 특히 쪼리를 신은 재인이의 맨발에서 눈을 떼지 못했다.

"잠깐만 현관에서 기다려 줄래?"

족제비 아줌마는 잠시 후 뭔가를 내밀었다. 상표도 떼지 않은 양말 한 켤레였다. 아줌마는 재인에게 양말을 건넸다.

"대리석에 흠집 안 나게 조심조심 다닐래?"

"아, 네!"

"양말은 너 가져."

"아, 네! 고맙습니다!"

재인이는 양말을 신으며 해맑게 대답했다. 보면 볼수록 특이한 아줌마였다.

서연이는 방에 들어가자마자 문을 잠갔다. 우리는 본격적으로 머리를 맞댔다.

"이름부터 짓자!"

안 하겠다고 할 때는 언제고 서연이가 제일 먼저 제안했다.

"어.버.들? 어때?"

"어버들?"

"어른들이 버린 딸들의 줄임말!"

재인이가 뾰루퉁한 표정으로 말했다.

"에이, 좀 그렇다. 희망적인 걸로 하자."

"희망이 뭐야, 먹는 거야?"

내가 빈정대자 재인이는 스마트폰을 보며 말했다.

"희망은, 끝이 보이지 않는 어둠 속에서도 언젠가 이 터널이 끝날 거라는 믿음이래. 검색해보니 위키 백과에서 그러네?"

그때 번개처럼 떠오른 이름이 있었다.

"요즘은 사자성어가 대세야. 암중모색은 어때?"

둘은 어깨를 으쓱했다.

"무슨 뜻이야?"

나는 스마트폰에 검색한 화면을 보여주었다.

> 암중모색: 어둠 속에서 더듬어 찾는다는 말로, 어림
> 집작으로 무엇을 찾거나 알아낸다는 뜻.

"괜찮네."

"겁나 느낌 있어!"

재인의 뺨이 상기됐다.

"우리가 찾는 게 뭐라고 그러지?"

"남자 친구?"

재인이 덕분에 한바탕 웃었다.

우리는 진지하게 영상 콘셉트를 구상했다. 춤 좀 추는 서연이 는 필라테스를 접목한 희한한 안무를 선보였다. 무용가의 딸인 나도 가만히 있을 수 없었다. 어릴 때 엄마가 했던 살풀이를 재해 석했다. 전 세계를 대상으로 하는 건, 가장 한국적인 안무가 통한 다고 생각했다. 얼마나 푹 빠졌던지 재인이가 눈짓을 보내지 않 았다면 우리는 서연이 엄마의 기겁한 표정을 보지 못했을 것이 다. 간식을 주러 (사실은 점검하러) 서연이 방에 들어온 지 꽤 된 엄 마를.

"뭘 하는데 노크 소리도 못 듣나 해서 들어와 봤다."

서연이의 얼굴이 굳었다.

"지금, 문 딴 거야?"

서연이는 화가 난 목소리로 따졌다. 족제비 아줌마의 손에는 열쇠 꾸러미가 있었다. 재인이와 나는 사방을 향해 뻗은 자유로 운 팔다리들을 재빨리 거두었다. 아줌마의 볼이 빨갛게 상기되 었다.

"다시는 문 따지 않기로 했잖아? 이게 벌써 몇 번째야?"

서연이가 격앙된 목소리로 따졌다. 아줌마가 쩔쩔맸다.

"미, 미안하다만, 걱정이……."

그때 내가 얼른 끼어들었다.

"감정을 몸으로 표현하는 숙제가 있어서 하고 있었어요."

나는 대충 둘러댔다. 재인이도 겸연쩍은 표정을 지었다.

서연이 엄마는 그냥 서 있는 것 같지만, 약간의 콧김을 뿜어냈다. 내가 제일 가까이 있었기 때문에 솜털 같은 코털이 떨리는 게 보였다. 그도 그럴 게 서연이는 영화 엑소시스트에서 귀신에 씐 주인공이 계단을 거꾸로 내려올 때처럼 허리디스크 유발 자세였다. 재인이마저 고목이 대기를 뚫고 뻗어 나가며 자유를 갈망하는 자세라고나 할까. 눈 앞에 펼쳐진 희한한 풍경에 서연이 엄마는 이맛살을 찌푸렸다.

"멀었니?"

"네."

"간식이라도 먹고 해."

서연이 엄마가 미심쩍은 눈초리로 봤다. 하지만 곧 자리를 피해 주었다.

엄마가 나가자마자 서연이는 기다렸다는 듯이 문을 잠갔다.

"뭐 해? 같이 밀어."

우리는 함께 피아노 의자를 문 앞으로 옮겼다. 방은 다시 요새가 되었다.

안무가 이어졌다. 언젠가 512호에서 했던 '몸으로 표현하기' 프로그램이 떠올랐다. 음악을 틀어놓고 몸이 가는 대로 움직이는 내용이었다. 나는 그때처럼 음악에 몸을 맡겼다. 내 의지와 상관없이 몸이 제멋대로 흐느적거렸다. 우리 셋 다 리듬이나 유연함하고는 거리가 멀었다. 시종일관 팔다리가 따로 놀았지만, 나름의 불협화음이 마치 심오한 행위 예술 같기도 했다.

얼마나 지났을까. 숨이 찼다. 얼굴은 달아오르다 못해 정육점에 진열된 고기처럼 짙은 선홍색으로 변했다. 땀에 젖은 머리카락이 목덜미에 붙었다.

높낮이 없는 음색으로 가사를 읊조리는 재인이의 나른한 보컬, 요란한 랩이 교차로 춤 위에 얹히니 완성이 되었다. 이렇게 해서 암중모색 최초의 녹화는 한 번에 끝이 났다. 춤과 노래가 덧입혀진 완성본은 그럴듯했다. 따지고 보면 야단법석과 예술은 종이 한 장 차이였다.

"이건 연습으로 하고 다시 찍자!"

내 제안에 서연이가 우아하게 거절했다.

"아니야. 예술은 한 방이야."

우리는 동영상을 본 순간, 눈물을 찔끔 흘렸다. 화면 속의 우리가 너무 웃겨서 나오는 눈물이었다.

"끝내준다. 올려도 될까?"

"겁나 웃겨. 이 정도면 볼 것 같은데?"

"맞아. 고민하면 못 올려."

재인이의 클릭 한 번에 우리의 예술혼은 전 세계에 공유되었다. 역시 유튜브란 눈 깜짝할 사이에 지구촌을 묶는 편리한 도구다.

서연이가 웃으며 말했다.

"나, 이렇게 배 아프게 웃어보는 거 몇 년 만이야. 진짜 웃기다."

생각해 보니 나도 이렇게 웃어 본 적이 언제였던지 까마득했다. 재인이도 손바닥으로 서연이의 등을 치면서 웃었다. 마음껏 웃다 보니, 갑자기 셋이 원래부터 친한 사이였던 것처럼 느껴졌다. 아니 오늘을 기점으로 세상에서 둘도 없는 삼총사가 된 기분이었다.

우리는 새로운 댄스의 이름을 '존재의 갈구'라고 지었다.

서연이가 '존재의 탐구'가 좋겠다고 우겼지만, 투표에서 2:1의 결과로 승리를 거머쥔 이름은 '존재의 갈구'였다.

⑫
토요일의 은석사

- 부탁이 있어. 토요일에 가게 닫고 쉴 거야. 산에 가려고 하
는데 지수를 좀 데리고 올 수 있겠니. 일당은 세 배로 쳐 줄게.

여자에게 왔다는 문자를 재인이가 전달 해왔다.

- 일당이 세 배란다, 세 배.

재인이가 호들갑을 떨었다.

어젯밤 심하게 존재를 갈구한 탓에 몸이 뻐근했다. 아무리 생
각해도 황당한 문자였다. 하지만 특별한 주문에는 분명 여자의
꿍꿍이가 있을 것이다.

- 안 가.

- 나 그 돈으로 염색하게 도와주라, 응?

재인이가 화려한 이모티콘을 도배했다.

- 안 간다니까.

- 너한테 꼭 할 말이 있나 봐.

- 나는 할 말 없거든.

- 몰라몰라. 데리고 오래. 겁나 집요해. 그 사람은 사장~ 나는 알바~ 예~

재인이의 랩이 여기까지 들리는 듯했다.

왜 여자는 나를 끌어들이지 못해 안달일까.

고민하는 사이, 재인이가 전화로 몇 번이나 설득했다. 꼭 네가 가야 할 이유가 있을 거라고. 포장마차에서 그렇게 갔으니, 한 번만 더 만나보라고. 뭔진 몰라도 둘이서 해결할 게 있으면 절호의 찬스라고. 갑자기 '재인이가 뭔가 알고 있나?'라는 생각이 들었다.

재인의 말을 들으며 생각했다. 그날 듣지 못했던 모든 해명을 기꺼이 듣고, 여자의 앞에서 저주의 말을 퍼붓고 올까. 고민은 며칠 동안 이어졌다.

결론은 호랑이를 잡으려면 가끔은 호랑이 굴로 들어가야 한다는 것. 언젠가 한 번은 마무리 지어야 할 얘기가 있다는 것.

약속한 토요일이 되었다.

6월의 산은 가족에게 한 번도 상처받지 않은 여중생 같았다. 싱그러운 초록, 온몸으로 당당하게 햇살을 받아내는 나무, 풍요로운 대지에서 뿜어 나오는 생명의 에너지가 산을 덮고 있었다.

끄악. 우리는 걸음을 옮길 때마다 비명을 질렀다. 심한 예술혼의 후유증이었다. 더딘 걸음으로 산 중턱에 이르렀을 때였다. 작지만 깨끗한 절 하나가 나타났다. 여자는 절 입구에서 두 손을 모았다.

"자주 오는 절이야. 고즈넉하지?"

재인이가 고개를 끄덕였다.

"재인아, 저 뒤로 돌아가면 카페 있거든? 커피 석 잔 사 올래?"

"네."

재인이는 성실한 아르바이트생의 업무에 충실했다. 나는 바위에 걸터앉아 녀석을 기다리기로 했다. 숨을 고르던 내게 여자가 손짓했다. 오라는 뜻인가? 여자는 몇 번이고 재촉했다. 지나가던 스님이 미소를 띠며 거들었다.

"보살님, 어서 가보시지요. 부르시네요."

스님의 말에 지나가던 사람들까지 하나둘 쳐다보았다.

여자가 있는 법당으로 갔을 때였다. 법당 한 곳에는 위패가 줄지어 있었다. 까만 궁서체의 이름들이 벽돌처럼 나란히 줄지어 선 모습이 낯설었다.

여자는 위패 앞에서 뭔가 찾고 있었다. 순간적으로 '해윤이가 죽었나?' 하는 생각이 스쳤다.

"아……. 찾았다!"

여자는 빼곡한 이름들 사이에서 위패 하나를 가리켰다. 위패 속의 이름은 한문이었지만, 보자마자 심장이 덜컥 내려앉았다.

'민세진.'

오랜만에 불러보는 이름. 엄마였다.

"아줌마, 뭐예요?"

나는 날카롭게 쏘아붙였다. 아줌마가 절을 하며 말했다.

"너희 집에 가던 해부터 극락왕생하시라고 빌었어. 다음 생에는 더 건강한 몸을 받아서 태어나시라고."

"아줌마가 뭔데요?"

마음속에서 불덩이가 치밀었다.

"삼천배도 했으니까 부처님 만났을 거야."

"이제 와서요?"

여자는 내 말에 고개를 떨구었다. 그리고 위패를 향해 말없이 절을 했다. 아까부터 뛰기 시작한 심장은 마라톤을 끝낸 사람처럼 멈출 줄 몰랐다. 당장 박차고 나가고 싶었다. 엄마의 위패를 가져와 가방에 넣으려고 할 때였다.

"그러시면 안 됩니다."

스님이 당부했다. 낮지만 위엄 있는 목소리였다. 나는 여자에게 따져 물었다.

"지금 뭐 하는 건데요?"

"네 맘 모르는 건 아니야."

여자는 다시 절을 하기 시작했다. 차오른 숨을 길게 내뱉는 소리, 양 무릎이 바닥에 투둥 닿는 소리가 규칙적으로 오고 갔다. 스님이 자리를 비우고 나서야 여자가 말을 이었다.

"내가 밉지?"

밉다마다요. 나는 여자를 노려봤다.

"지수야, 언젠가 이야기할 날을 기다렸는데……."

여자는 절을 하며 말을 이었다.

"엄마가 그러실 줄 몰랐어."

목구멍에 돌멩이가 차올랐다.

여자는 다시 절을 했다.

"세상은 참 알 수 없어. 나도 네 엄마 심정 모르지 않아. 전 남편에게 똑같은 방식으로 당했거든. 그런데 나도 모르는 사이 내가 가해자가 되었더라. 생각이 날 때마다 빈다. 우리를 용서해 달라고."

믿을 수 없다. 모두 핑계다. 이 상황에서도 아빠와 자신을 '우리'라는 단어로 묶다니.

"가끔……. 악몽을 꿔. 네 엄마가 웃으면서 해윤이를 데려가는 꿈."

이제는 엄마에게 죄까지 뒤집어씌우다니.

"엄마가 미쳤어요?"

"꿈에서 해윤인 항상 울어. 뭔가 말하려는데 그 순간 늘 깨. 혹시라도 네 엄마가 딸아이를 데려간 거면, 나도 얼른 데려가라고 빌었다."

여자의 눈에서 소리 없는 눈물이 흘러내렸다.

그때 법당 앞에서 흠 흠, 하는 헛기침 소리와 함께 스님이 들어왔다.

여자는 땀범벅이 되어도 절을 멈추지 않았다. 나는 위패 속의 엄마 이름을 보며 되뇌었다.

'엄마. 이 어이없는 상황을 보고 있어?'

엄마는 뭐라고 답할까.

'진짜 엄마가 데려간 거야? 아니지?'

엄마는 그럴 사람이 아니다. 내가 괴롭다고 해서 남을 더 괴롭히는 그런 파렴치한 인격의 소유자가 아니다.

여자가 합장했다. 그리고 나직하게 내뱉었다.

"와 줘서 고맙다. 아줌마가……. 미안해."

나는 여자를 보며 선언했다.

"이제 아줌마 안 봐요."

여자가 고개를 들었다. 땀으로 번들거리는 얼굴이었다.

"그리고,"

나는 여자에게 할까 말까 몇 번을 망설이던 말을 내뱉었다.

"해윤이는 그렇게 쉽게 죽을 애가 아녜요."

왜 그런 말이 나왔는지 모른다. 다만 정말 그런 생각이 들었을 뿐이다. 여자가 그렁그렁한 눈을 들었다.

"그래, 안 죽었어. 당연히 그럴 거야. 그렇지?"

나는 여자의 눈길을 피했다. 여자의 눈에서 처음으로 두려움을 발견했다. 나와 피 터지게 싸울 때도, 돈을 찢을 때도 무너지지 않은 눈이었는데……

여자는 겁에 질려 떨고 있었다. 여자의 눈 위로 바다에서 본 순애 아줌마의 표정이 겹쳤다.

그때 먼발치에 서 있는 재인이가 보였다.

"이재인! 왜 지금 오냐?"

나는 애꿎은 재인에게 화풀이했다. 재인이는 투명한 아메리카노 잔을 높이 들어 보였다. 이미 얼음이 다 녹은 상태였다.

"심각한 얘기 같아서……."

그 뒤로 우리는 아무 말도 하지 않았다. 다만 산에서 내려갈 뿐. 내려가는 길은 오르는 길보다 힘들었다. 등줄기에서 쉬지 않고 땀이 흘렀다.

산 중턱을 지났을 때였다. 재인이가 콧노래를 흥얼거렸다. 허스키한 재인이의 음성과 산새들의 협주가 기분 좋은 메아리를 만들어 내고 있었다. 그때 어디선가 키득대는 소리가 들렸다.

운동 기구가 놓인 공터에 기껏해야 갓 입학했을 또래의 중학생들이 모여 있었다. 그중 한 아이가 우리를 향해 소리 내어 웃었다. 그러자 다른 아이가 팔꿈치로 쿡쿡 찔렀다. 주변을 재빨리 살폈다. 우리를 보고 웃는 게 틀림없었다.

"왜 웃어?"

내 말에 아이들이 답했다. 경계심 없는 맑은 얼굴이었다.

"너무 웃겨요!"

남학생 하나가 춤을 추기 시작했다. 팔다리를 꺾는 모양새가 제법 현란했다.

"아이고, 배야."

아이들이 못 참겠다는 듯 깔깔거렸다.

"암중모색!"

그사이 까맣게 잊고 있었던 이름이었다. 그러고 보니 관절을 꺾는 기괴한 모습이 우리의 몸짓과 닮아 있었다. 재인이와 나는 순식간에 얼굴이 시뻘게졌다. 이것이 바로 IT 강국 대한민국의 테크놀로지인가. 기껏해야 며칠 사이인데, 처음 보는 아이들이 우리를 보고 웃다니. 말하자면 우리는 시작하자마자 유명해지는 목표에 이르렀다. 하지만 준비 없이 유명해진다는 건 생각보다 부담스러웠다.

산 입구에 도착했을 때였다. 갑자기 휴대전화 진동이 몰려왔다. 한꺼번에 문자가 도착하는 소리였다.

- 왜 핸드폰 안 터져.

- 만 뷰가 넘었어. 댓글도 장난 아냐.

- 둘 다 잠수?

서연이의 문자만으로도 느낄 수 있었다. 일이 엉뚱하게 진행되고 있다는 사실을. 나는 괜히 입을 삐죽거리며 태연한 척했다. 반면, 재인이는 상체가 젖혀질 정도로 호탕하게 웃었다. 조금 전 은석사에서 느꼈던 복잡한 마음을 괴로워할 틈이 없었다. 느닷없는 유명세에 완전히 머리가 멍했다.

우리는 유명해졌다. 어떤 아이돌 멤버가 자신의 SNS에 웃긴 영상이라며 올린 게 화근이었다. 몇 시간 동안 포털사이트의 실시간 검색 1위를 장식했고, 파급력 있는 커뮤니티의 게시판을 도배했다. [한국 여고생의 패기]라는 제목의 게시물에는 어김없이 우리가 있었다. 아빠는 정말 내가 맞냐고 몇 번이나 확인했고, 재인이 마미는 캡처된 화면을 스마트폰 프로필에 올렸다. 족제비 아줌마는 포털사이트마다 전화를 걸어서 게시물을 내려달라고 항의를 했지만.

덕분에 교무부장 선생님께 오랜만에 호출이 왔다.

"어린이들이 따라 하는 바람에 항의 전화가 오니, 교복 입은 신분으로 그러지는 말아라."

조금은 형식적인 훈계였다. 지나치게 관절을 꺾는 동작 때문에 탈골의 위험성이 있기 때문이라고 했다. 선생님은 뒷머리를 긁적이며 말했다.

"재능을 살려서 무대에 진출하는 게 어떨까 싶은데?"

"그냥 올린 건데요."

나의 냉랭한 대답과는 반대로 재인이는 활짝 웃었다.

"네, 진출할래요!"

선생님의 목소리가 부드러워졌다.

"있잖아, 이쯤에서 존재의 갈구, 한 번만 보여주면 안 되겠니?"

"네?"

"우리 집 막둥이가 좋아해서 휴대폰으로 찍어 오라네. 허허, 이것 참."

"몇 학년인데요?"

"초등학교 3학년."

열 살짜리 팬이라니 귀여웠다.

재인이와 나는 다시 한번 존재를 갈구했다. 완벽한 재연이 아니었음에도 선생님은 웃음을 참지 못했다. 물론, 직업적인 핀잔도 잊지 않았다.

"공부를 그렇게 해봐라, 공부를."

그렇게 우리는 암중모색 영상 한 번에 처지가 바뀌었다. 누구보다 그런 우리의 변화를 재미있어 한 건 햇살 속으로 직진 멤버들이었다.

⓭
온에어

"그 영상 삼십 번은 봤을걸요."

은유정 선생님은 재미있어 죽겠다는 표정으로 말했다.

"나도예. 난생처음 좋아요랑 구독도 눌렀다 아입니꺼."

순애 아줌마도 낄낄 웃었다. 이번엔 은유정 선생님이 진지하게 물었다.

"제가 아는 분이 라디오 방송 스태프인데 10대들이 주 청취층이래요. 두 분을 안다니까 섭외 요청이 들어왔거든요. 추억 삼아서 출연하는 건 어떨까요?"

순애 아줌마가 호들갑을 떨었다.

"방송으로 진짜 스타 되는 거 아닙니꺼. 나는 대찬성이고예, 우리 닥터 진 생각은 어때예?"

"음. 나쁠 거 없죠."

은유정 선생님이 부드러운 미소를 띠고 물었다.

"본인들 생각이 제일 중요하죠. 어때요?"

방송이라고 하니 얼떨떨했다.

"생각해 볼게요."

물론 서연이도 탐탁지 않은 표정이었다.

"전 오글거리는데요."

"세상에, 방송 아무나 나갑니꺼. 떨리면 우리가 같이 가주지 뭐. 안 그렇니꺼, 샘?"

선생님이 웃으며 고개를 끄덕였다. 하지만 소식을 들은 재인 이는 방방 뛰었다. 드디어 기회가 생겼다며, 당연히 가야 한다며, 우리를 달달 볶았다.

처음 간 방송국 스튜디오는 생각보다 좁았다.

대기실에 앉아서 기다리고 있으니 조금씩 긴장되었다. 그때 순애 아줌마가 3단 도시락을 꺼내며 당부했다. 한 사람당 하나씩 푸짐한 도시락이었다.

"다들 단단히 드셔야 합니더."

아줌마는 마디가 불거진 손으로 나무젓가락을 내밀었다. 유 부초밥 하나가 밥 반 공기는 될 만한 특대 사이즈였다. 아줌마의 커다란 덩치에 어울리는 크기라서 웃음이 났다. 사실은 아까부터 꼬르륵 소리가 울려서 곤란하던 차였다. 나는 유부초밥을 우물 거리며 생각했다. 이 세상엔 순애 아줌마처럼 고마운 어른도 있 나 보다라고. 두둑한 배를 두드리며 스튜디오에 들어가려는 찰 나였다.

"지수 씨, 서연 씨, 일로 오소."

"네?"

아줌마는 핸드백에서 껌을 두 개 꺼냈다.

"밥묵고 냄새난다 아입니꺼. 딱 십 초만 씹고 들어가이소."

그런 아줌마 때문에 웃음이 터졌다.

"그라고, 떨지 마이소."

아줌마가 갑자기 확 안았다. 갑작스러운 포옹에 숨이 막혔다. 당황스러웠지만 저항 대신 가만히 있기로 했다. 아줌마의 품에선 살구 비누 냄새가 났다. 병원에서 엄마가 쓰던 싸구려 비누 향. 그게 뭐라고 울컥한 마음이 들었다.

드디어 방송이 시작되었다.

- 기쁨 방송 투데이 핫이슈 초대석, 오늘은 유튜브 스타로 화제가 된 분들을 초대했습니다. 아이돌만큼이나 뜨거운 데뷔를 마친 언니들, 〈암중모색〉입니다.

- 안녕하세요. 우리는 암! 암, 중! 중, 모, 모, 색! 입니다!

연습할 때는 박자가 맞았는데 막상 마이크 앞에서 하려니 말이 엇나갔다. 광고가 나갈 때까지만 해도 실감이 나지 않았다. 그런데 온에어에 빨간 불이 들어오자 심장이 얼굴에서 뛰었다. 윙윙 기계음만 크게 들릴 뿐, 세상의 모든 소리가 아득했다. 그러다가 다시 느릿느릿하게 청력이 제 기능을 회복하는 것 같았다.

투명한 유리 벽 너머로 제일 먼저 눈이 마주친 건 은유정 샘이었다. 이를 활짝 드러낸 선생님의 미소에서 응원이 느껴졌다. 긴장되었던 마음이 한층 놓였다.

그때 진행자가 게시판을 훑어보며 말했다.

- 뒷자리 번호 5625님이 시작하자마자 문자를 보내셨네요. 암중모색이 걸그룹보다 멋집니다. 파이팅!

번호 뒷자리를 듣자마자 웃음이 터졌다. 부스 건너편에 앉은 진익수 씨의 번호였다. 옆에서 어깨를 들썩이며 물개박수를 치고 있는 아줌마도 눈에 들어왔다. 이따금 "홧팅!"이라며 소리치는 아줌마의 고함이 방음벽을 뚫고 들어올 것 같았다.

- 어때요, 인기를 실감하세요? 재인 씨부터.

- 어, 잘은 모르겠는데, 사람들이 다 알아보는 것 같긴 한데…… 겁나 정신 없어요.

재인이는 우물쭈물했다.

- 영상은 누구의 아이디어예요?

서연이가 몸을 기울였다.

- 제가 제안했는데요, 답답한 현실에서 탈피하고자 하는 자유의 몸부림을 몸으로 표현해 본 것입니다.

금시초문이었다. 서연이의 기막힌 뻥에 우리는 눈이 동그래졌다.

- 관절을 자유자재로 꺾던데, 그 춤은 누가 개발하신 건가요?

아마도 내 반쪽의 피, 그러니까 무용가인 엄마의 유전자 탓이라고 생각할 때였다.

　- 아크로바틱과 발레, 한국 무용을 응용해서 독창적인 안무가 나왔습니다.

　들을수록 놀라운 답이었다. 서연이가 저런 면이 있었나? 그런 딸을 지켜보는 족제비 아줌마의 표정이 서늘했다. 그때부터 진행자는 서연에게 집중적으로 질문했다. 이 시대 공교육에 대해서 어떻게 생각하느냐, 입시의 문제점은 뭐라고 생각하느냐, 어른들에게 꼭 하고 싶은 말은 무엇이냐 같은 고루한 질문들. 서연이는 대본에 제 생각까지 덧붙여 깔끔한 대답으로 마무리했다. 광고가 나가는 동안 진행자가 물었다.

　- 대박 났더라. 광고 연락 안 와?

　아직 그런 연락은 없었다.

　- 네.

　- 다른 방송 출연 요청은 없었니?

　- 전화가 오긴 했는데, 아직 대답은 안 했어요.

　- 우리 프로그램은 원래 알고 있었어?

　- 은유정 선생님이 소개해 주셨어요.

　- 아, 은유정 샘. 예전에 우리 새벽 프로에 출연한 적 있는데. 저 선생님 좋은 일 많이 하셔. 힘든 청소년들 상담도 해 주셨는데.

　진행자가 은유정 선생님을 향해서 웃었다. 눈부시다는 말이 무슨 뜻인지 알 것 같은 미소였다. 은샘의 얼굴이 잘 익은 대추처럼 빨갛게 물들었다.

- 옆에 계신 분들은 누구?

- 햇살 속으로 직진……

거기까지 말하고 입을 다물었다. 진행자가 눈을 반짝였다.

- 어머, 멋진 이름이다. 독서 모임이야?

- 어…….

머뭇거리는 사이 온에어에 빨간 불이 들어왔다. 진행자가 다시 높은 톤으로 물었다.

- 지금 보이는 라디오니까요, 존재의 갈구를 실시간으로 보여 달라는 분들이 많으세요. 혹시 가능할까요?

제작진이 수신호를 보냈다. 우리는 심호흡을 했다. 큐 사인이 떨어지자마자 본격적으로 존재를 갈구했다. 진행자는 새초롬한 외모와 맞지 않게 호탕한 웃음소리와 함께 탁자를 손으로 치면서 웃어댔다. 피디와 작가마저 웃느라 정신이 없었다. 햇살 속으로 직진 멤버들은 여러 번 본 광경인데도 또 웃기 시작했다. 단 한 사람, 서연이 엄마만 웃지 않았다. 이 순간, 세상의 모든 웃음이 '기쁨 방송' 안에 머물렀다. 난생처음 느끼는 종류의 보람과 희열에 뿌듯했다.

- 많은 이야기를 나누고 싶지만, 시간이 없네요. 자, 암중모색 여러분, 유명해지면 꼭 이루고 싶은 소원이 있나요? 먼저 보컬, 이재인 씨부터.

재인이가 마이크를 받았다.

- 저는 엄마에게 말하고 싶은 게 있어요.

- 말씀해보세요.

- 마미, 아니 문채영 여사님. 내 걱정하지 마세요. 나는 지금 행복해요.

그 말을 하는 재인이의 표정이 정말 행복해 보였다.

- 재인 씨, 모든 엄마는 자식을 걱정하게 마련이거든요. 오늘 재인 씨 어머님은 마음 놓으셔도 되겠습니다. 또 다른 분은요?

서연이가 재빨리 마이크를 낚아챘다.

- 저도 말해도 되나요?

- 그럼요.

- 저는 혼자서 여행을 가고 싶어요.

- 뭐, 불가능한 소원 같지는 않은데요? 엄마가 반대해요?

- 네.

모두의 시선이 부스 밖의 서연이 엄마에게 향했다.

- 어머니, 따님 졸업하면, 당일치기라도 한 번 보내주세요. 저도 돌이켜보면 그게 제일 기억에 남는 것 같아요. 네?

진행자가 생글생글 웃으며 말했다. 하지만 서연이 엄마의 굳은 표정은 그대로였다. 노련한 진행자는 끝까지 서연이 엄마를 물고 늘어졌다.

- 어머니, 아직 대답 안 하셨는데, 그러지 말고, 우리 청취자

들과 약속해요, 소원이라잖아요. 한 번만 보내주기로. 네?

진행자의 선창으로 재인이와 나는 "보내줘! 보내줘!" 하고 합창을 했다. 소리는 점점 커졌다. 순애 아줌마와 은유정 선생님까지 합세하자 부스 안엔 온통 구호가 가득 찼다. 마치 시위장 같았다. 서연이 엄마는 대답 대신 억지웃음만 지었다. 그때 진행자가 서연이를 향해 윙크했다. 그리고 다시 마이크 앞으로 몸을 기울였다.

– 어머니! 청취자 앞에서 약속하신 겁니다. 서연 씨 여행 보내주기로!

서연이 엄마의 눈이 휘둥그레졌다. 그러거나 말거나 진행자는 경쾌했다.

– 마지막으로 지수 학생 소원을 들어볼까요?

소원이라는 단어를 듣는 순간 움찔했다. 내 소원은 엄마를 한 번만 다시 보는 것이다. 그런데 그 말은 차마 할 수 없었다. 이뤄질 수 없는 일이란 걸 아니까.

현실적인 소원이 뭘까 생각하는 사이, 작가가 쓴 글자가 모니터에 나타났다.

[10초 이상이면 방송사고예요, 얼른 대답해요, 지수 씨]

나는 모니터에서 글자를 보자마자 기계처럼 답했다.

– 사람을 찾고 있는데요.

모두의 눈이 동그래졌다. 햇살 속으로 직진 멤버들은 물론 서연이 엄마도 호기심 가득한 표정이었다. 진행자가 눈을 치켜뜨며 물었다.

- 첫사랑?

- 이름은 장해윤이고, 열여덟이에요. 가족이 찾고 있어요.

- 아……. 그런 사연이 있었군요. 그래요, 요즘 집을 나가 홀로 생활하는 학교 밖 청소년들이 정말 많다고 들었어요. 해윤 씨에 대해서 조금 더 설명하시겠어요?

- 그림을 그리고요, 키가 170 정도에 귀가 특이해요.

- 저런……. 안타까운 사연이네요. 어떤 관계인지 여쭤봐도 될까요?

- 어, 어, 먼……. 친척인데요.

대충 얼버무렸다. 진행자가 차분한 목소리로 말했다.

- 사람 일은 모르니까요, 장해윤 씨나 아는 사람이 듣고 있을 수도 있잖아요? 이렇게 된 김에 음성 편지 한 번 전하시겠어요?

그사이 잔잔한 피아노 음악이 흐르고 있었다. 꼼짝없이 해야 할 분위기였다. 음악이 계속 흘렀지만, 말이 나오지 않았다. 진행자가 재촉의 뜻으로 손짓을 했다. 나는 어디선가 해윤이가 듣고 있다고 생각하고 말했다.

- 장해윤. 너희 엄마가 기다리고 있어. 연락해.

재인이가 엄지손가락을 들어 보였다.

그때, 진동으로 바꾸어 놓았던 스마트폰이 바르르 떨렸다.

- 얼마나 울었는지 몰라.

여자의 문자였다. 드르륵.

- 고맙다, 정말, 고맙다.

내가 여자에게 고맙다는 말을 다 듣다니. 기분이 이상했다.

은석사에서 보았던 여자의 눈물이, 마른 무릎이 떠올랐다.

해윤이에게 퍼붓던 날 하얘지던 녀석의 얼굴도 기억났다.

물감 뚜껑을 닫던 해윤이의 젖은 눈도.

'해윤이는 살아 있을까?'

죽지는 않았을 것이다. 그건 막연한 짐작이라기보다 설명할 수 없는 내 확신이었다. 그렇지 않고서야 긴 세월 동안 확인되지 않는다는 건 말이 안 된다. 나는 그렇게 믿기로 했다.

그 뒤로 방송을 어떻게 마무리했는지 정신이 하나도 없었다.

생방송이 무사히 끝났다. 얼마나 피곤한지 온몸에 힘이 스르르 빠졌다.

처음 하는 후회

해마다 심장이 멎는 시간이 있다.

구월 이십 구일. 엄마가 이 세상을 끝장낸 날이다.

마음은 서로 섞이지 않는 모래알처럼 서걱거렸고, 그날만큼은 아무리 웃긴 일이 있어도 크게 웃지 않았다. 의도적인지, 우연의 일치인지는 모르겠지만 아빠는 한 번도 빼놓지 않고 야근을 했다. 당연히 제사 같은 것도 지내지 않았다. 겉으로는 보통의 날처럼 지나가는 것 같았지만, 나는 그럴 수 없었다.

언젠가 성당에서 죽은 사람을 위한 미사를 바칠 수 있다는 사실을 알고 마음이 놓였다. 추도 미사를 다닌 건 그때부터였다.

미사에 바치는 봉헌금을 내기 위해 성당 사무실 문을 열었을 때였다.

"어머님 기일이시구나."

행정을 보는 라파엘라 아줌마가 아는 척을 했다.

"네. 봉헌금은 어디에 넣어요?"

아줌마가 하얀 봉투를 건넸다. 큰마음 먹고 오만 원을 봉투에 넣었다. 오늘은 비단 엄마만을 위한 돈은 아니었다. 봉투를 내밀었을 때 라파엘라 아줌마의 눈이 커졌다.

"이렇게 쓰면 안 되는데?"

"그럼 어떻게 써요?"

아줌마가 단호하게 말했다.

"여기, 이 부분, '자살한 사람들'이라고 쓴 부분은 빼야 합니다."

나는 되물었다.

"왜요?"

"자매님. 자살이라는 단어를, 그것도 신부님 입에서, 미사 중에 듣는다는 게 말이 된다고 생각하세요?"

따박따박 따지는 아줌마 앞에서 나는 반항심이 일었다.

"그런 법칙이라도 정해져 있어요?"

그녀는 천천히 내 얼굴을 훑었다.

"꼭 그래야겠어요, 자매님?"

"네."

그녀는 조금 머뭇거리더니 봉투를 받았다.

미사를 앞두고 빈 의자에 앉았다. 평일 저녁 대성전에는 사람이 별로 없었다.

성부와 성자와 성령의 이름으로 아멘. 경건한 소리가 미사의 시작을 알렸다. 신부님의 고요한 음성이 성전 안에 울려 퍼졌다.

'엄마, 잘 지내?'

지금 엄마는 보고 있을까.

'엄마. 나 잠깐 유명해졌다?'

나는 암중모색이 생각나서 피식 웃었다. 딸의 일이라면 극성스러운 엄마였는데. 엄마가 영상을 봤으면 얼마나 즐거워했을까. 형편없는 안무에 대해서는 또 얼마나 전문적인 잔소리를 했을까.

'그 여자 만났어. 혹시 엄마가 만나게 해 준 거야?'

엄마가 지금 내 앞에 있다면 '정말?' 하고 눈이 커졌을까? 그냥 가볍게 웃었을까? 아니면 정말 엄마가 그렇게 이끈 걸까?

자꾸만 다른 생각이 끼어들었다. 그때 신부님이 봉헌금 봉투에 적힌 미사 지향을 읽어 내려갔다.

"오늘의 이 미사 중에 고 민세진 유스티나 자매님, 햇살 속으로 직진 형제, 자매님들, 그리고 ……. 흠흠."

신부님은 잠시 헛기침을 하더니 말을 이었다.

"안타깝게 세상을 떠난 모든 영혼을 기억합니다."

나는 분명 '자살'이라는 단어를 썼었다. 하지만 그 단어는 신부님의 입에서 다른 말이 되어 나왔다. 틀린 말은 아니었다. 안타깝게 세상을 떠난 영혼은 맞으니까.

제단 위의 십자가를 뚫어지게 쳐다봤다. 십자가에 매달린 예수상의 얼굴이 고통스러워 보였다. 나무에 조각된 고통이 아니라 살아 있는 고통으로 보일 만큼. 딸을 잃은 여자의 표정이 십자가 위에 겹쳤다. 순애 아줌마의 울던 얼굴까지도.

'엄마. 해윤이가 실종됐대.'

놀란 눈의 엄마가 그려졌다.

그때 내 왼쪽 손목의 팔찌 사이로 흉터가 삐져나왔다. 선명하고 짙은 흔적이었다. 그동안 나는 흉터를 가리려고 커다란 시계를 하고 다녔다. 흉터를 보니 그때의 일이 떠올랐다.

엄마가 떠나고 분노에 차 있을 무렵.

그때는 사소한 일에도 화가 폭발해서 따라 죽고 싶었다. 죽는 일이 아무것도 아닌 것처럼 여겼던 시절이었다.

언젠가 내 방에서 검붉은 피가 흘렀을 때였다. 정신이 아득해질 때 나를 흔들어 깨우는 목소리가 있었다.

"지수야 정신 차려! 일어나!"

그건 환상이 아니었다. 형체가 분명한 엄마의 그림자였다.

꺼져가는 정신을 희미하게 잡고 있던 날, 나는 응급실에서 수혈을 받았다.

또다시 엄마를 만난 건 병실이었다. 꿈속의 나는 강이 흐르는 다리 위를 걸었다. 다리에서 만난 엄마는 잔뜩 화가 나 있었다. 반가운 마음에 소리쳐 불렀지만, 엄마는 꿈쩍하지 않았다.

"여기가 어디라고 와."

그리고 엄마는 모질게 내 등을 돌려세웠다. 얼마나 매섭게 노려보는지, 나는 소리 내어 엉엉 울었다. 그리고 깨어났다. 장장 이십 칠 시간 만에.

눈을 뜨고 처음 만난 사람은 아빠였다.

예상대로라면 몇 번이나 사실 심문을 할 아빠는, 처음으로 아무것도 묻지 않았다. 눈은 또 얼마나 퀭했던지. 나중에 알았지만, 보호자 의자에서 밤을 새운 탓이라고 했다. 평생 하지 않던 아빠 노릇을 갑자기 왜 하는지 모르겠지만, 솔직히 그런 아빠가 고맙지는 않았다. 아빠는 그 뒤로 그날의 일을 입 밖에 꺼내지 않았다. 심지어 한 번도 음식을 하지 않았던 아빠가 소꼬리를 사 왔다. 종일 가스레인지 앞에 서서 곰탕을 끓이던 아빠의 뒷모습은 낯설고 기괴했다. 그때 아빠는 무슨 생각을 했을까. 아빠의 곰탕은 더럽게 맛이 없었고, 그걸 먹는 내내 기분이 이상했다. 어쨌든 그날 이후 나는 극단적인 시도를 멈췄다. 너만은 절대 안 된다고 울던 엄마가 자꾸 떠올라서였다. 흉터를 보니 다시 그때의 기억이 떠올랐다.

"엄마, 나는 이제 안 죽을 거야. 걱정하지 마."

그건 진심 어린 결심이었다. 나는 또 한 번 웅얼거렸다.

"엄마, 나도 내 마음을 잘 모르겠는데, 해윤이 좀 찾게 해줘."

엄마가 벙싯 웃으며 그러마하고 답하는 것 같았다.

미사가 끝나고, 지하 성전의 문을 열었다. 바스러지는 햇빛에 눈이 부셨다. 신부님이 빙긋 웃으며 말을 걸었다.

"자매님. 햇볕이 따스하죠? 빛으로 오시는 하느님이시네요."

괜한 심통이 나서 속으로 웅얼거렸다.

'아유, 오글거려.'

그때 가방 속 휴대전화기에서 진동이 울렸다.

- 큰일 났어. 왜 전화가 안 돼? 바로 전화 좀 해.

바로 휴대전화기를 들었다.

"재인아, 왜?"

"가게에 있는데, 사, 사장님이 전화를 받고는 얼굴이 하얗게 되어서 손만 떨고 있어. 사장님이 너 바꿔 달라는데 잠깐만."

"지, 지수니?"

목소리만 들어도 여자가 떨고 있다는 걸 알 수 있었다.

"……."

"아빠 전화번호 뭐니."

나는 아무 대답도 하지 않았다.

"급하게 연락할 일이 있어서 그래."

이제 와서 아빠한테 무슨 짓을 하려고 그러는 걸까. 결국, 아빠를 다시 만나기 위해서 나에게 접근했던 것일까. 산에서 눈물의 사과를 했던 것도, 아빠와의 재회를 위한 작전이었나?

기가 막혔다.

이러려고 여자가 내 주위를 맴돌았던 걸까. 그것도 모르고 해윤이 걱정을 하고 있었다니.

나는 배신감에 입술을 질끈 깨물었다.

"……."

"급해. 얼른 번호만 알려줘."

"……."

여자는 전화를 끊었다. 5분도 안 되어서 다시 전화가 왔다. 재인이었다.

"지수야, 좀 심각한데 가게로 와."

"급하면 가족한테 전화해."

"너랑도 관계있는 일이라는데. 아휴 참, 나도 뭐가 뭔지 모르겠다."

떨리는 재인이의 목소리에 사태의 심각성이 느껴졌다. 나는 아빠에게 전화를 걸었다. 전화기가 꺼져 있었다.

꽃수레와 성당은 20분이면 도착하는 거리였다.

마른침을 삼키는 여자의 얼굴이 창백했다. 재인이가 발을 동동거렸다. 그때 여자가 힘없이 말을 건넸다.

"같이 갈 곳이 있는데, 지수 네가 꼭 필요해."

"어딘데요?"라고 묻는 재인이의 말과 "가긴 어딜 가요."라는 말이 동시에 흩어졌다.

"병원 안치실."

늦은 시간에 안치실이라니.

'혹시…….'

나는 불길한 생각을 하지 않으려고 머리를 저었다.

여자의 이마에 식은땀이 송골송골 맺혔다. 재인이가 조심스럽게 말했다.

"괜찮으세요?"

"나 좀 부축해줄래, 재인아?"

재인이가 여자를 일으켜 세웠다.

"택시 불렀거든. 꼭 좀 같이 가 줘, 해윤이 일이야."

나는 귀를 의심했다. 안치실의 해윤이라니. 그때, 주황색 택시 한 대가 가게 앞에서 경적을 울렸다.

재인이와 나는 여자를 가운데 두고 택시에 올랐다.

여자가 목적지를 말했다. 입이 쩍 벌어지는 거리였다. 택시 기사가 조심스러운 목소리로 물었다.

"지금 여주까지 가면 두 시간은 걸립니다. 택시비가 편도 이십만 원 정도 나올 텐데 괜찮으시겠습니까?"

여자가 고개를 끄덕였다.

택시에 올랐지만, 아무리 해윤이 일이라고 해도 무서웠다. 아저씨가 미터기를 찍고 출발하려는 사이, 다시 택시 문을 열었다. 내리는 찰나 뭔가 내 몸을 잡아당기는 느낌이 들었다. 여자였다. 안간힘을 다해 내 점퍼 옷깃을 잡은 손길을 뿌리치려고 할 때였다. 여자의 얼굴은 금방이라도 실핏줄이 터질 것 같은 표정이었다.

"지금, 확인할 수 있는 사람이 너밖에 없어. 해윤이를 알아볼 만한 사람이 너밖에 없다고. 제발 부탁해."

여자의 손이 부들부들 떨고 있었다.

"혼자 가면 되잖아요."

"나 말고도 가, 가족의 확인이 필요하대."

가족이라니. 한때 가족이 되려던 사이는 맞지만, 결국 우리는 가족이 되지 못했는데.

여자는 끝까지 내 옷을 놓지 않았다. 여자의 눈이 빨갛게 달아올랐다.

"부탁해. 마지막이야."

모른 척하고 싶지만, 모른 척할 수 없는 눈.

여자의 우는 눈을 볼 때면, 이상하게 순애 아줌마가 자꾸 생각났다.

결국 택시에 털썩 주저앉았다. 어쩐지 해윤이를 꼭 한 번은 봐야 할 것 같았다. 여자는 텀블러에 있던 따뜻한 물을 한 모금 머금고서야 눈을 꼭 감았다. 이따금 여자의 속눈썹이 바르르 떨렸다. 옆에 앉았지만 여간 착잡한 게 아니었다.

여주의 병원에 도착했을 때는 칠흑 같은 밤이었다.

"한주연 씨입니까?"

머리가 희끗희끗한 경찰이 우리를 훑어보았다.

"두 분은 어떤 관계죠?"

"아르바이트생인데요."

재인이가 공손하게 말하자 경찰이 턱 끝으로 나를 가리키며 물었다. 여자가 힘없이 말했다.

"가족이에요."

서 있던 여자의 무릎이 자꾸만 꺾였다.

"거기 아르바이트생은 의자에서 기다리고. 따님하고 엄마하고만 이쪽으로 오세요."

오랜만에 여자의 딸로 불리던 순간이었다. 경찰이 고개를 푹 숙이더니 깊은 한숨을 내쉬었다.

"놀라지 말고 들으세요."

여자의 목에서 침 삼키는 소리가 크게 들렸다.

"실종된 따님이 있다고 하셨죠. 아니기를 바랍니다만, 어젯밤 신륵사 인근 호수에서 발견된 시신이 있어요. 따님하고 인적사항이 비슷해서 확인해 보셔야 하겠습니다."

여자의 손이 떨렸다.

"사진으로 먼저 보시고 직접 확인을 해 주시면 되겠습니다."

경찰이 사진 한 장을 건넸다. 하얀 천으로 덮인 해윤이었다. 사진을 보던 여자가 바닥에 그대로 고꾸라졌다. 여자의 팔다리가 무봉제 인형처럼 축 늘어졌다. 무서운 마음이 찾아올 새도 없이 정신이 없었다. 경찰들이 분주히 움직였다. 쓰러진 장소가 병원이어서 다행이었다. 여자는 급히 회복용 수액을 맞았다. 과로 하거나 충격적인 장면 앞에서 잠깐 정신을 놓아버리는 '미주신경 실신'이라고 했다. 자녀의 시신 확인을 할 때, 많은 부모들이 실신한다며 경찰이 우리를 안심시켰다. 그때 안경을 쓴 젊은 경찰이 나에게 손짓을 했다.

"따님이라고 했죠. 혹시, 실종자하고 어떻게 되나요?"

가족이라고 할 수도 없었고 가족이 아니라고도 말할 수 없었다. 나는 둘러댔다.

"언니인데요."

진짜로 내 생일이 여섯 달 빠른 건 맞으니까.

"아직 학생인 것 같은데?"

"고2요."

"하. 이것 참 상황이 난감하네. 기다렸다가 혹시 어머님 회복되시면 확인하시겠습니까, 아니면 따님이라도 사진을 보고 확인할 수 있겠어요?"

같이 있던 흰머리 경찰이 타박을 주었다.

"지금 어른도 기절하는 마당에, 학생한테 말이 된다고 생각해, 김순경?"

"그, 그렇습니까. 흠흠."

젊은 경찰이 겸연쩍은 표정을 지었다.

"괜찮아요. 보여주세요."

내가 끼어들자 젊은 경찰이 입이 툭 튀어나온 채 말했다.

"그래도 어머니 깨어나시면 하는 게 좋긴 하겠습니다만."

나는 다시 단호하게 말했다.

"할 수 있어요."

그 말은 진심이었다. 무엇보다 마지막으로 해윤이를 꼭 봐야 할 것 같았다.

솔직히 턱이 덜덜 떨릴 정도로 무서웠다. 하지만 지금이 아니면 다시는 못 볼 해윤이 앞에서 해야 할 말이 있었다.

둘은 멀찌감치 떨어져 의논하더니 다시 내 앞으로 걸어왔다. 결국, 확인의 기회를 주기로 한 모양이었다. 경찰은 몇 가지 주의 사항을 읊었다. 나는 숨을 한 번 크게 들이마셨다.

경찰이 사진을 건넸다. 사진 속에는 잠자는 것 같은 모습의 해윤이가 있었다. 흰 천으로 덮인 한 소녀의 실루엣. 얇은 천 조각 안에 해윤이의 삶이 보관되어 있다는 걸 느끼는 순간, 슬픔이 밀려왔다.

사진인데 자꾸만 몸이 긴장해서 뻣뻣해졌다. 다시 한번 숨을 크게 들이마셨다. 배가 불룩해질 정도로 숨을 들이쉬었다가 배꼽을 빨아들이듯 내쉬었다. 몇 번의 호흡 끝에 진정되었다. 은유정 샘에게 배운 호흡을 떠올려서 그나마 다행이었다.

경찰이 걱정스러운 표정으로 물었다.

"다른 사진도 있는데, 계속 볼 수 있겠어요? 지금이라도 못하겠으면 말해요."

"아니요."

나는 우겼다. 그리고 나이가 지긋한 경찰관에게 물었다.

"어떻게 발견된 거예요?"

"낚시하던 분께 금세 발견됐어요. 실종 신고된 장해윤 씨하고 인적사항이나 외모가 비슷해요. 유서는 없고 신분증만 발견되었고요."

해윤이가 투신했다니. 해윤이 사진을 코앞에 두고도 믿기지 않았다.

온몸에 피가 스르르 빠져나가는 기분이었다.

나는 해윤이가 한 번도 들어본 적 없을 말투로 읊조렸다.

"왜 그랬어."

살아서는 그렇게 심한 말을 퍼붓더니 이제야 누그러진 말투였다. 나는 해윤이의 마지막 모습을 느릿느릿 눈에 담았다. 내가 쏟은 가시 돋친 말이 어딘가에 새겨져 있을 몸이었다. 사진 위로 눈물이 뚝뚝 떨어졌다.

경찰이 다른 사진을 건넸다. 이번에는 해윤이가 제법 드러난 사진이었다.

생각만큼 무섭지는 않았다. 오히려 마네킹 같다는 느낌이 들 정도였다. 자로 잰 듯 반듯한 팔과 다리, 하얗게 부은 몸이 해윤인 것 같기도, 아닌 것 같기도 했다. 누가 그렇다고 해서 그런가 보다 했지 그냥 봐서는 전혀 모를 정도였다.

"잘 모르겠어요, 해윤이인지."

경찰 아저씨가 신분증을 보여주었다. 단정한 미소를 머금고 있는 모범생 얼굴, 반박할 수 없이 해윤이었다. 사진을 보니 다시 눈물이 맺혔다.

"장해윤 씨가 맞습니까?"

"……."

인정하면 해윤이는 이 세상 사람이 아니라는 선언을 내 입으로 하는 것 같았다.

나는 천천히 사진 속의 해윤이를 훑었다. 독한 말을 퍼붓던 날 눈물로 물든 해윤의 볼이 떠올랐다. 그렁그렁했던 큰 눈도. 나는 마음속으로 해윤이를 불렀다.

'장해윤.'

눈물이 주륵 흘러내렸다.

'잘 가.'

그리고 마음을 담아서 사과했다.

'미안하다.'

처음으로 후회했다. 미안하다는 말을 살아서 했더라면 더 좋았을 거라고. 이렇게 멈춘 심장이 아니라 움직이는 입과 살아 있는 마음으로 나누었으면 더 좋았을 거라고. 느닷없이 후회가 밀려들었다. 해윤이 네 잘못도 아닌데 나는 왜 그랬을까.

내가 그렇게 독한 말을 하지 않았다면 너는 괜찮았을까.

대답 없는 해윤이를 물끄러미 바라보았다.

아무리 들여다봐도, 내가 지금 하는 이 엄청난 일의 무게가 실감 나지 않았다. 모든 게 영화의 한 장면 같았다.

뒤에서 지켜보던 경찰이 손수건을 꺼내어 조심스럽게 내 손에 건넸다. 터진 눈물은 걷잡을 수 없이 나왔다. 한참 울다가 갑자기 번개처럼 생각나는 게 있었다.

"아저씨, 혹시 귀 사진 없어요?"

경찰이 난감한 표정을 지었다.

"특별히 귀만 찍어 둔 건 없는데. 왜요?"

"귀가 특이하거든요."

"그래요? 어떤데?"

"새끼손톱만 한 작은 혹이 있고, 귓불 아래가 두 개로 갈라져 있어요."

"하. 귀만 확인하면 끝이네. 그럼 어머니 수액 다 맞으면, 직접 확인합시다."

경찰이 재빨리 결론을 지었다.

잠시 후, 복도 쪽에서 누군가 신발을 끄는 소리가 들렸다. 회복실에서 돌아온 여자라고 했다. 여자는 간신히 몸을 가누며 걸어왔다.

"장해윤 씨 보호자님, 따님이 먼저 사진으로 확인을 해 봤는데, 귓불 확인이 안 된다네요. 직접 보시겠습니까."

여자가 고개를 끄덕였다. 여자와 경찰은 시신 확인을 위해서 방에 들어가고, 나는 벤치에서 기다렸다. 시신이 있던 방에서 나온 여자의 표정이 아까보다 편안해 보였다.

휴. 그제야 안도감이 밀려왔다. 나는 여자에게 확인했다.

"아니죠?"

여자가 고개를 끄덕였다. 다행이다. 온몸에 힘이 빠졌다.

경찰이 신분증을 들고 갸웃했다.

"도대체 이건 뭐지?"

바닥에 주저앉은 여자는 한쪽 손으로 가슴을 움켜잡고 숨을 쉬었다. 여자는 일어서려다 말고 다시 무릎이 꺾였다.

"아, 긴장이 풀리니까 다리도 풀려서."

나는 처음으로 여자에게 손을 내밀었다. 그리고 차마 나오지 않는 말을 마음속으로 되뇌었다.

'아줌마, 손잡아요, 다시는 내미는 일 없을 테니까.'

여자가 마치 내 말을 들었다는 듯 천천히 손을 잡았다.

땀으로 축축한 손에서 여자의 체온이 느껴졌다.

그 몇 초 동안 나는 여자에게 오래도록 품었던 적개심이 잠깐 사라지는 경험을 했다. 처음이었다. 짧지만 강렬한 연대였다.

여자는 내 손을 잡고 힘겹게 일어났다.

경찰은 걱정스러우면서도 안도에 찬 표정으로 지켜보았다. 우리는 몇 가지 사실을 확인하며 그녀가 해윤이가 아님을 확인하는 사인을 남겼다.

돌아오는 택시 안에서 캄캄한 밖을 보며 생각에 빠졌다.

누워있던 그녀는 누구였을까.

해윤이의 신분증은 왜 거기 있을까.

또 다른 해윤이는 어째서 꽃 같은 나이에 세상을 등져야 했을까.

더 궁금할 시간도 없이 우리는 그만 곯아떨어지고 말았다.

택시 안은 아마도 엄청난 코골이의 불협화음이 울렸을 것이다. 왕복 택시비를 사십 만 원이나 쓰고도 여자는 개운한 표정이었다.

⑮
뜻밖의 제안

눈을 뜨니 해가 한낮이었다.

여주에서의 일은 한바탕 꿈을 꾼 것 같았다.

또 지각이다. 학교 따위는 그냥 째버릴까 하다가 마음을 바꿨다.

드럭스토어에서 눈썹까지 제대로 그리고 등교하는 바람에 1교시가 끝날 때쯤 도착했다. 접어 입은 교복 치마가 짧았는지 학생부장 선생님이 눈을 흘겼다. 물론 대놓고 면박을 주는 건 담임이 최고다. 오늘도 담임은 열정을 다해서 훈계했다. 밥 먹듯이 지각을 하는 건 둘째치고 다른 아이들에게 방해가 된다는 이유였다.

고2가 되고부터 친구들은 쉬는 시간에도 공부하느라 정신이 없었다. 평소에 잘 웃던 짝꿍 승희도 "우리에게 쉬는 시간이 어디 있어? 있다면 학원 차 타는 시간이지"라며 예민하게 굴었다. 나는 고2가 되자마자 담임에게 수능을 안 보겠다고 선언했다. 담임은 교육자답게 몇 번이나 확인했다. 정말 대학을 포기한 거냐고. 후회하지 않을 자신이 있냐고. 담임은 은밀하게 조언했다. 8등급이라도 포기만 하지 않으면 지방의 작은 대학이라도 갈 수 있다고. 오히려 포기한 건 난데, 선생님은 그런 나를 포기하지 않았다. 하긴, 며칠 결석했다고, 가정 방문을 통보하던 샘이 아니던가.

졸업장만 원한다면 정원이 미달된 과도 얼마든지 찾을 수 있다고 했다. 결국, 담임은 아빠를 면담하고 나서야 아무 말도 하지 않았다. 뭐라고 딸을 변호했는지 모르겠지만, 아빠가 내 편이라고 느꼈던 최초의 일이었다.

마치 대학을 안 가면 엄청난 일이라도 날 것 같은 시절에 당연히 해야 할 일을 하지 않은 사람 취급을 받으면서까지 나는 대학을 포기한 용감한 고등학생이었다.

특별한 이유가 있는 건 아니었다. 대학을 가야 할 이유가 하나도 없어서였다. 1년 동안 학교를 쉬면서 차라리 자퇴하고 검정고시를 칠까 진지하게 고민도 했다. 하지만 조금만 버티면 생기는 고졸 졸업장을 포기하는 것도 멍청한 일이다.

인터넷 강의를 듣는 척하면서 컴퓨터로 딴짓거나, 문제집에 낙서하면 시간은 그럭저럭 흘러갔다. 대졸도 취업이 안 되는 마당에 고등학교만 졸업하고 무슨 일을 할 수 있겠냐는 담임과 달리, 암중모색의 유명세를 기뻐하며 그 길로 나가라는 선생님도 있었다.

일찌감치 교문을 나서는데 휴대폰에 낯선 번호가 찍혔다.

"모지수 학생이죠?"

단번에 기억이 나는 하이톤의 목소리.

"기쁨 방송 이수경 작가예요. 잘 지냈어요?"

"안녕하세요."

"그때 얼마나 반응이 좋았는지 몰라요. 평소에 100여 개 오던 문자가 300개나 왔다니까?"

얼떨떨했다. 평소보다 얼마나 많이 온 건지 몰라도, 은근히 기분이 좋았다.

"그래서 회의를 했거든요? 혹시 자기들, 몇 번 더 출연할 생각 있어요?"

뜻밖이었다.

"네? 셋 다요?"

"그럼요. 암중모색 팀으로. 일주일에 한 번 편성할까 하거든요? 반응 봐서 더 늘릴 수도 있고."

"나가서 우리가 무슨 말을 해요?"

"음, 예전부터 또래들 문자 상담 코너를 만들려고 했었거든요? 그런데 암중모색이 딱 맞는 것 같아요. 셋 다 개성 있고 좋아서."

"상담을요?"

"아, 상담이라고 해서 별 건 아니에요. 전문가 선생님이 메인이고 암중모색 친구들은 또래의 눈높이로 말하면 되는 거예요. 그 나이로서 느끼는 마음이랄까, 솔직한 의견을 이야기하는 거지 뭐. 친구들 고민 들어준다고 생각하면 괜찮지?"

작가는 슬쩍 말을 놓았다. 솔직한 거라면 자신 있다. 듣고 보니 해도 좋고, 안 해도 그만인 제안이었다. 서연이와 재인이는 뭐라고 할까. 일단 고민하겠다며 전화를 끊었다.

재인이는 메시지를 보내자마자 답장이 왔다.

- 꺄! 좋아. 재밌더라. 마미도 대 찬성이래.

서연이도 찬성이었다.

- 할 거야.

두 번째 라디오 출연은 처음보다 더 일사천리였다.

라디오 부스에 앉아 있으니 조금 긴장이 되었다. 처음엔 몰라서 떨렸고, 두 번째는 알아서 떨렸다. 작가가 긴장하지 말라며 핫초코를 건네주었다.

방송의 시작을 알리는 빨간불이 들어왔다. 시그널 음악이 나가는 동안 가슴이 뛰었다. 그때 재인이가 눈짓을 보냈다. 우리는 탁자 위로 손을 뻗었다. 꼭 잡은 손에서 축축하지만 따뜻한 땀이 맺혔다. 떨렸던 마음이 조금씩 가라앉았다.

음악이 끝나고, 진행자가 차분한 목소리로 설명했다.

"2부 시간이 돌아왔습니다. 정신과 전문의 정 훈 선생님 자리해 계시고요, 함께 하실 세 분, 암중모색 친구들이 나왔어요. 안녕하세요?"

"네, 안녕하세요."

우리는 합창하듯 소리를 합쳤다. 얼마나 절도있게 입을 맞췄는지 모두 웃음을 터트렸다.

이어서 진행자가 설명했다.

"지난번 방송 뒤에, 암중모색을 다시 초대해 달라는 문자가 쇄도했어요. 그래서 저희가 새로 마련한 시간인데요, 여러분의 참여로 함께 만들어갈 겁니다. 마음속에서 자꾸만 올라오는 어두운 생각들, 조금은 털어내고 함께 위로받는 시간이길 바라면서, 고민거리, 상담하고 싶은 내용 등 그 어떤 것이라도 좋으니까 100원의 유료문자 #2415로 보내주세요~ 문자 사연 받는 동안, 노래 듣고 오겠습니다."

노래가 끝나자마자 진행자가 헤드셋을 고쳐 쓰며 말했다.

"첫 번째 문자, 지수 씨가 읽어주시겠어요?"

나는 문자가 도착한 게시판 화면을 훑었다. 그리고 천천히 화면 속의 글자들을 읽어 내려갔다.

〈안녕하세요. 저는 패션 쪽에 관심이 많은 고등학생인데요, 요즘 주변에 보면 준명품은 거의 한두 개씩은 다 갖고 있고, 명품도 갖고 다녀요. 저는 아무리 사달라고 해도 부모님이 안 사 주거든요. 하나밖에 없는 딸한테 쓰는 돈이 그렇게 아까울까요? 친구 엄마는 카드도 넘겼는데, 후드티 하나 사달라고 조르는 걸 절대 안 사 주네요.

제가 아르바이트해서 번 돈으로 산다고 해도 안 된대요. 아빠는 학생이 무슨 명품이냐고 화만 내요. 친구들은 중학생일 때부터 쓰는 애들도 있는데, 친한 친구들이 모두 명품 팸에 들었지만 저만 못 들고 있거든요. 열 받아서 완전 자살각이예요.〉

진행자가 고개를 절레절레 흔들었다.

"사연 보내주신 분한테는 미안한데, 요즘 고등학생들이 정말 이래요?"

재인이가 씩씩대며 마이크를 잡았다.

"와. 겁나 한심하다. 하아. 그 돈으로 떡볶이를 백 번 사 먹겠다. 완전 부모 등골브레이커네요?"

진행자가 웃음을 겨우 참는 게 보였다. 이번엔 내가 마이크를 잡았다.

"좀 전에 자살각이라고 했죠? 요즘 다들 자살각이라는 말을 아무렇지도 않게 쓰는데요, 제가 진짜로 죽어봤거든요."

나머지 두 친구의 눈은 물론, 안 그래도 큰 진행자의 눈이 커졌다.

"한 번은 다리에서 뛰어내렸는데 물이 너무 차갑더라고요. 아 차가워, 빨리 여기서 나가야지. 저절로 살려달라는 소리가 크게 나왔어요."

누군가의 헛기침이 마이크를 타고 울렸다.

"또 한 번은요, 신경안정제를,"

말을 끝내기도 전에 마이크가 꺼졌다. 피디가 노래를 튼 모양이었다. 울상이 된 작가가 뛰다시피 부스 문을 박차고 들이닥쳤다.

"수위가 너무 높은 거 알아요? 위에서 끊으라고 난리 났잖아. 명품 얘기하다가 왜 이상한 말에 꽂혀서 그래. 노래 끝나면 정 훈 선생님이 전문가 의견으로 마무리해 주세요."

작가는 급히 부스 밖으로 나갔다. 노래가 끝나고 선생님에게 마이크가 넘어갔다.

"명품계의 큰 손으로 10대가 늘고 있다는 기사를 봤는데요. 사실 우리 어른들의 소비를 학습해 온 게 크지 않나 싶고요, 학생들이 과시와 허세의 상징으로 명품을 선택하기보다는, 건강한 소비 생활을 할 수 있기를 바랍니다. 그리고 조금 전 지수 씨가 놀라운 이야기를 했는데, 도저히 그냥 넘어갈 수가 없어서 말씀드리자면."

잠깐 말을 끊고 물을 마시던 훈이 아저씨와 눈이 마주쳤다. 머쓱했다. 나는 대본을 보는 척 고개를 숙였다.

"제가 자살 미수 경험자들의 이야기를 많이 듣는 직업이잖습니까? 통계도 있어요. 투신 후 수면이나 바닥에 닿는 시간이 평균 4초인데, 그 짧은 시간에 내가 지금 무슨 짓을 한 거지, 시간을 돌리고 싶다라는 식으로 열이면 열 후회를 한다고 합니다."

모두 심각한 표정으로 듣고 있었다.

"그, 그렇군요. 이쯤에서 노래 들을게요. 듣는 동안 계속해서 문자 사연 받겠습니다."

노래가 흐르는 동안 진행자의 목소리가 높아졌다.

"피디님, 이 뒤에 노래 한 곡 더 붙여줘. 나 할 말이 있어서."

모니터에 〈OK〉 글자가 나타났다. 진행자는 의자를 90도 휙 돌리더니 우리 쪽으로 상체를 들이밀었다.

"너희 둘, 별거 아닌데 왜 그렇게 흥분했어? 상담하랬더니 왜 엉뚱한 데서 화를 내고 그래?"

지금까지 단아한 모습과는 완전히 다른 터프한 모습이었다.

그때 훈이 아저씨가 나섰다.

"어, 그러니까……."

아저씨는 잠깐 당황하는 표정을 지었다.

"자살 유가족이거든요."

내가 말했다. 아니, 말이 튀어나왔다. 놀란 진행자가 버벅거렸다.

"아, 그……. 그랬구나."

진행자는 옆에 있던 생수를 벌컥벌컥 들이켰다.

"우리라고 하면……."

옆에 있던 서연이의 커다란 눈이 그렁그렁 해졌다.

마치 엄청난 비밀이라도 알게 된 사람처럼, 진행자의 표정이 굳었고 미안해했다.

어색한 분위기를 뒤로하고 우리는 문자 사연을 몇 개 더 읽었다.

사실 뭐라고 상담을 했는지, 무슨 조언을 했는지, 어떤 위로를 했는지, 정신이 하나도 없었다.

나는 방송국 문을 나서며 결심했다.

피곤하고 정신없는 방송 출연 따위는 하지 않겠다고.

⓰
애도

오늘따라 512호의 시간도 무거웠다.

은유정 선생님이 하얀 종이와 펜을 나누어 주며 말했다.

"지난번에 미리 말씀드렸던 것처럼, 특별하게 보낼 겁니다. 애도하기 시간을 가질 예정이거든요."

선생님의 목소리가 약간 목이 멘 듯 갈라졌다.

"소중한 여러분의 가족들, 사실은 여러분의 마음속에서 계속 함께 살고 있을 겁니다."

그리고 살짝 눈물이 맺힌 눈으로 말을 이었다.

"그러나 감히 말씀드리자면, 내가 떠나보내야 그분도 떠날 수 있어요. 충분한 애도의 과정을 거쳐야 하거든요. 그래서 이 시간, 작별 인사를 하며 소중한 이를 보내는 시간을 갖겠습니다."

나는 무덤덤하게 들었다. 떠난 사람을 다시 떠나보내라니.

"제가 나눠드린 종이에 마음속에 있는 모든 말을 써 보세요."

순애 아줌마가 볼펜을 딱딱 튕기며 말했다.

"그라마 우리 아들한테 오랜만에 편지 좀 써 볼까예? 못할 것도 없지예. 한때 내가 문학소녀였다 아입니꺼."

아줌마는 슬픈 이야기도 아무렇지 않게 하는 희한한 능력이 있었다.

하긴. 자살 유가족 모임이라고 해도 시종일관 무거운 건 아니었다. 우리도 웃긴 얘기엔 웃고, 즐거운 일엔 즐거워할 줄 아니까.

나는 볼펜을 이리 돌리고 저리 돌렸다. 엄마에게 편지를 쓰라니. 기분이 이상했다.

생각을 좀 하다가 첫 문장을 썼다.

– 엄마, 안녕.

작별 인사라는데 이렇게 경쾌한 말투는 좀 아닌 것 같았다.

– 엄마 잘 있어?

이것도 맘에 들지 않았다.

둘러보던 은유정 선생님이 미소를 띤 얼굴로 주문했다.

"진짜 하늘에 계신 분이 이 글을 본다는 생각으로 써 보세요."

엄마에게 정말 하고 싶은 이야기라…….

하고 싶은 이야기가 너무 많은 건지, 그사이 사라진 건지, 쉽게 떠오르지 않았다. 마음을 차분하게 가다듬고 나서야 겨우 몇 줄을 더 채워 넣을 수 있었다.

엄마.

엄마한테 인사를 하라는데 뭐라고 하지?

엄마.

물어보고 싶은 게 있어.

왜 그랬어?

오래도록 생각해 봤거든.

정말 모르겠어.

아무리 생각해도 그건 잘못된 것 같아.

엄마, 뭐가 그렇게 힘들었어?

왜 그랬어? 지금은 편해?

순애 아줌마가 그러더라.

산 사람이 너무 슬퍼하면 죽어서도 이 세상을 못 떠난다고⋯.

그래서 그만 슬퍼하려고 해.

그래도 엄마, 우린 인사도 못 했잖아.

잘 가, 엄마.

나는 잘 지낼 거야.

잘 가. 라고 쓰는데 갑자기 눈물이 후드득 떨어졌다. 한 번 터진 울음은 멈출 줄 몰랐다.

결국, 종이 위에 엎드려서 한참을 울고 말았다.

여기저기서 흐느끼는 소리가 났다.

잠시 후, 선생님이 모두의 편지를 모아서 태우기 시작했다.

투명한 유리 볼 안에서 한 줌의 불꽃이 일었다.

어렵게 꺼냈을 마음들이 순식간에 까만 재가 되어 부서졌다.

선생님이 차분한 목소리로 말했다.

"충분히 애도하는 게 얼마나 중요한 일인지 모른답니다. 지금, 여러분의 눈물과 인사가 가족에게 전해졌을 거예요."

편지가 활활 탔다. 재가 된 내 마음이 다시 탔다. 불길을 보며 나는 마음속으로 되뇌었다.

엄마, 잘 가.

이상했다. 마치 장례식장에 서 있던 중학생 시절로 돌아간 기분이었다. 어벙벙한 상복을 입고 서 있는 나를 마주 보는 기분이랄까. 그냥 편지 한 장인데, 마음속에서 뜨거운 것이 차올랐다. 모두 눈시울이 빨개진 걸 보니, 비슷한 모양이었다.

마무리 시간에 은유정 선생님이 조심스럽게 얘기했다.

"지난번에 방송 출연 후에 전화 한 통을 받았는데요, 기쁨 방송에서 자살 예방의 날에 생명 콘서트를 기획했다고 해요. 좀 조심스럽긴 한데, 유가족분들의 이야기를 듣는 시간도 마련했다고 하거든요."

"······."

침묵이 흘렀다.

"혹시 나와줄 수 있겠냐고 조심스럽게 제안했는데, 어떠세요?"

"……."

아무도 답을 하지 않았다.

"알아요, 어려운 일일 겁니다."

나는 "생각해 볼게요."라고 했지만, 생각할 마음은 별로 없었다. 모르는 사람들 앞에서 내가 자살 유가족임을 밝히라니.

"모르는 사람이라기보다, 사실은 같은 처지의 유가족들이 초대될 예정이거든요."

그 이야기를 듣고 순애 아줌마가 이야기를 꺼냈다.

"그라마, 우리가 나가면 도움이 쪼메 될랑가예? 그 사람들한테예?"

은유정 선생님이 온화하게 웃으며 말했다.

"그럼요. 먼저 경험하신 분들의 이야기가 큰 위로가 될 겁니다. 그래서 제가 이렇게 조심스럽게 제안하는 거고요."

"내 맨치로 새끼 보낸 사람도 옵니꺼."

"그……. 그렇죠. 일단 저는 출연합니다."

은유정 선생님의 얼굴에 쓸쓸한 미소가 드리웠다.

"그람 함 해볼랍니더. 쌤도 같이 있고, 못 할 것도 없지예."

순애 아줌마가 나와 서연이를 보며 물었다.

"방송 나가서도 말을 그래 잘하더니, 한 번 같이 나가 보입시더. 이 세상에 우리만 할 수 있는 일도 있네예."

아줌마의 표정이 뭔가 비장했다.

나는 다시 고민해 본다고 했다.

물론, 서연이도, 익수 아저씨도.

모두 정말 고민을 해 볼 일인지는 모를 일이었지만.

⓱
무대 위에서

"자, 아까처럼 동선 체크할게요."

피디의 말에 우리는 나란히 무대 위 의자에 앉았다.

여기까지 오기엔 순애 아줌마의 설득이 컸다. 아니 설득이라기보다 완전 물귀신 작전이었다.

"내가예, 햇살 속으로 직진에 나오면서부터 자살 예방 강사가 되고 싶다는 막연한 꿈이 생겼지 뭡니꺼. 은쌤이 바닷가 순찰도는 얘길 할 때, 전율이 오더라고예. 상훈이한테 떳떳한 엄마가 되겠구나 싶은 생각도 들고예. 근데 그 첫 시작을 우리 멤바들하고 하면 얼마나 좋겠습니꺼. 내한테는 이 무대가 첫 출발이라예. 다들 나를 위해서 한 번만 도와주이소. 떨리지만, 여러분들이 함께 하면 할 수 있을 것 같거든예."

순애 아줌마가 부탁했다. 시도 때도 없이.

진정성, 어차피 그 기준을 잴 수 있는 척도가 없다지만, 순애 아줌마의 말은 마음에 와닿았다.

"하면 다 같이 하고예, 아니면 없었던 일로 하고예."

순애 아줌마의 물귀신 작전도 컸지만, 나 같은 아이가 온다니 자꾸만 마음에 걸렸다. 하지만 막상 무대 위에 앉아 있자니 떨렸다. 괜히 한다고 한 건 아닐까. 조금 뒤에 꽉 찰 저 많은 눈 앞에서 나는 엄마 이야기를 해낼 수 있을까.

약속된 시간이 되자, 천천히 무대 위의 조명이 밝았다.

정성스럽게 화장을 한 진행자가 무거운 목소리로 읊었다.

"안녕하세요. 기쁨 방송 특별 기획, 세계 자살 예방의 날을 맞아서 특별한 시간을 마련했습니다. 지금 이 순간에도 누군가는 고통 끝에 스스로 삶을 마무리합니다. 우리나라는 OECD 회원국 중 자살률 1위, 하루에 40명 꼴 자살, 그로 인하여 한 해 8만 명의 자살 유가족이 발생하는데요, 하지만 여전히 자살 유가족들은 이 세상에서 자신을 드러내지 못한 채, 숨죽이며 고통스러운 나날을 보내고 있을 거예요. 오늘은 남겨진 사람들의 이야기를 들어보겠습니다. 정말 어렵게 모셨는데요, 누가 제일 먼저 소개해 주시겠습니까."

"네, 음."

순애 아줌마가 가느다란 목소리를 내느라 헛기침했다. 긴장되는 순간이었는데 아줌마의 급조된 목소리에 웃음이 터졌다.

"저희는 햇살 속으로 직진에서 나왔습니다."

"햇살 속으로 직진이요? 어떤 모임일까요?"

"성당에서 봉사자님이 이끄는, 유가족 모임입니다."

"아, 그렇군요. 어려운 걸음 해 주셔서 감사합니다. 이 자리에 서는 게 쉽진 않으셨지요?"

"네."

아줌마가 갑자기 헛기침을 크게 하더니 씩씩하게 말했다.

"하이고 마, 안되겠다. 사투리를 안 써보려고 했는데 마 안되 겠십니더. 사실 여기 오는 게 두려웠거든예. 근데 제가 올해부터 는, 두려움을 피하지 말고 있는 그대로 보자 결심했어예."

"와. 시작부터 아주 멋진 말씀으로 열어주셨네요."

순애 아줌마가 수줍게 웃었다.

"이 사람들도 제가 끌고 나왔어예. 고민 많이 했거든예."

"네, 잘하셨어요. 고맙습니다."

진행자가 부드럽게 웃으며 톤을 낮추었다.

"저, 이런 말씀을 바로 여쭙기 참 죄송합니다만, 안순애 씨는 어떤 가족을 먼저 보내야 하셨나요."

"저는……."

아줌마가 한숨을 깊게 들이마신 뒤에 말을 이었다.

"아들이예."

아줌마는 목이 메는지 잠깐 말을 멈췄다. 진행자가 차분한 목 소리로 다음 질문을 이어갔다.

"아드님이 세상을 떠나고 난 뒤, 가장 힘들었던 게 뭔지 여쭤

봐도 될까요."

"……. 따라서 죽고 싶었던 거예."

순애 아줌마가 흐느꼈다. 끅끅 콧물을 들이마시는 소리가 마이크를 타고 전 객석에 울려 퍼졌다. 옆에 있던 서연이가 주머니에서 티슈를 꺼내서 건넸다. 아줌마가 등을 돌려 눈물을 닦았다. 정성스레 했던 눈 화장이 금세 시커멓게 번졌다.

"그 황망함은 누가 알까예. 아무도 몰라예."

"맞아요, 준비도 없이, 예고도 없이 당한 일을 누가 알겠습니까. 이렇게 속마음을 말씀해 주셔서 정말 감사합니다. 사실 그런 일을 겪고 나면 말을 하는 게 어렵거든요. 주변 분들에게 아드님 이야기를 하신 적이 있나요?"

"얼마 안 됐어예. 겨우 말하기 시작했는데 지인들이 돌잔치나 결혼식 때 초대를 안 하더라고예. 내가 가면 기쁜 자리가 어두워지니까 그런가."

아줌마의 눈시울이 다시 붉어졌다. 아줌마는 한참 동안 진행자와 이야기를 주고받았다. 다음은 내 차례였다.

"지수 씨도 이 자리에 나오기를 결심하기까지 고민을 많이 하셨다고요?"

"네."

"어떻게 해서 나오겠다고 결심하게 되셨나요?"

"고민했는데……."

"아. 그렇습니까?"

"이건 유가족만 할 수 있는 일이니까요."

"그렇군요. 어려운 결심 해 주셔서 감사합니다. 이 자리에 유가족분들도 많이 참석하셨거든요. 지수 씨는 어떤 가족을 먼저 보내셨는지 여쭤봐도 될까요?"

나는 객석에 앉은 사람들을 천천히 훑어봤다. 엄마가 살아 있었으면 그 나이쯤 되었을 아줌마들이 여기저기서 훌쩍이고 있었다.

"엄마요."

여기저기서 짧고 긴 한숨이 터졌다.

"세상에. 얼마나 힘드셨을까요."

그 말에 코끝이 시큰했다.

"……."

괜찮을 줄 알았는데. 엄마가 보고 싶어서 눈물이 날 것 같았다.

다시 진행자가 물었다.

"그 시간을 조금이라도 극복하는 데 어떤 것들이 도움이 되었을까요?"

"극복은……."

나는 침을 삼킨 뒤 말했다.

"못 했어요."

"그, 그렇습니까."

"죽을 때까지 못 할 것 같아요."

".........."

장내가 숙연해졌다.

"그러면, 혹시 조금이라도 도움을 받았거나, 위로가 된 일들은 없었을까요?"

"햇살 속으로 직진이요."

"지금 이 모임이요?"

"네. 처음에는 별생각 없었는데요."

자꾸 입이 말랐다. 다시 침을 삼켰다.

"고마운 사람들 같아요."

진심이었다. 나도 내가 이런 말을, 그것도 무대 위에서 할 줄 몰랐다. 하지만 언젠가 하고 싶은 말이었고, 지금이 아니면 못 할 것 같았다. 나는 순애 아줌마의 동그란 구두 코를 보며 말했다.

"아줌마, 도시락 고마웠어요. 위에 좋다고 양배추 죽도 만들어 주시고. 라디오 나갈 때 복도에서 안아주신 것도……."

아줌마와 눈이 마주쳤다. 금방이라도 눈물이 떨어질 것 같은 얼굴이었다. 진행자가 따뜻한 미소를 지으며 말했다.

"안순애 님이 특별히 고마우셨나 봐요?"

"익수 아저씨도요."

"아, 계속 들어볼까요?"

"바닷가에서 한 이야기, 병원에서 집에 갈 때 한 이야기도, 생

일날 보내준 이모티콘도 고맙습니다. 약 때문에 새벽에 전화 한
날도요."

익수 아저씨가 고개를 푹 숙인 채 어쩔 줄 몰라 했다.

"그리고 서연이는……."

서연이를 바라봤다. 서연이가 어깨를 으쓱했다.

"너 때문에 모임에 계속 나왔던 거 같아."

으악. 말하고 보니 부끄러워서 미칠 것 같았다. 평생 해야 할
고맙다는 말을 한꺼번에 다 한 기분이다. 손과 발이 오그라드는
쑥스러움이 있었지만 후련했다.

은유정 선생님과 훈이 아저씨의 입가에도, 진익수 아저씨의
눈가에도, 잘 웃지 않는 서연이의 입가에도 미소가 머물렀다. 객
석 여기저기서 잔잔한 박수가 퍼졌다.

진행자가 물었다.

"혹시, 주변에 계신 유가족분들에게 조금이라도 위로를 드리
고 싶은데 방법을 모르는 분들께는 어떤 말씀을 해 주고 싶은가
요?"

"사실 아무것도 위로가 되진 않을 거예요."

"아……."

진행자는 말을 잇지 못했다.

그때 순애 아줌마가 끼어들었다.

"위로하고 싶으면예, 곁에서 묵묵히 함께 지켜주는 방법밖에

없지예."

다들 고개를 끄덕였다. 이번에는 진행자가 진익수 씨에게 마이크를 건넸다.

"저희가 사전 인터뷰 때 듣고 마음이 아팠는데, 유일한 남자 회원인 진익수 씨는 아버님의 마지막 순간을 목격하셨다고요?"

진익수 씨가 담담한 목소리로 말했다. 어쩌면 평화롭기까지 한, 동요 없는 목소리가 더 슬프게 느껴졌다.

"음……. 아버지가 은퇴하고 경제적으로 어려워서, 음, 노점상을 시작하셨습니다. 아파트 재개발 문제로 철거 명령이 떨어졌어요. 음……. 개발 측과 합의가 안 되어서 노점을 부수고, 아버지도 다치는 일이 있었습니다."

그리고 다시 말을 이어 나갔다.

"그날 새벽에, 음, 음, 욕실에서……."

어느 날 새벽, 아버지는 반평생 피곤을 풀던 누렇고 낡은 욕조에 몸을 뉘었다고 했다. 눈물인지 물인지 모를 따뜻한 액체 속에서 그동안 못다 잔 잠을 한꺼번에 청했다고.

잠결에 화장실을 찾았다가 아버지의 마지막을 봤다고 했다.

경찰에 신고하고, 친척들에게 연락하고, 장례를 치렀다는 영화 같은 얘기였다. 하지만 놀랍도록 차분하게, 마치 남의 이야기를 전하는 사람처럼, 또는 오래전에 본 영화의 한 장면을 되뇌는 것처럼 담담한 목소리였다. 진행자는 쉽게 말을 잇지 못했다. 깊은 한숨 소리가 마이크를 타고 무대 위로 퍼졌다.

"정말 힘든 시간을 보내셨군요. 그 뒤로 사람들을 못 만나셨다면서요? 대인기피증이 온 건가요?"

"음……. 세상이 무서웠어요. 다른 사람들을 볼 용기가 없었습니다. 땅만 보고 다녔으니까요."

"그러다가 갑자기 마음을 다잡고 공부를 하게 된 계기가 있나요?"

"아버지가 마흔여섯에 저를 낳으셔서 정말 예뻐하셨는데……유언을 남기셨어요. 너는 나처럼 살지 말고 공부하라고. 음……. 비록 아버지를 살리지 못했지만, 다른 아버지들은 살려보고 싶었습니다. 음……. 그래서 응급의학과를 지망했습니다."

"그럼 지금은 의사 선생님?"

"공황장애가 있어서 음……. 잠시 유급 중입니다. 음……. 백수랄까요."

저렇게 심각한 얘기를, 저렇게 느려 터지게 하다니. 익수 아저씨다웠다.

우리는 남들이 모를 속마음을, 이따금 은하수 회관에서만 내보이던 진실을, 아이러니하게도 천 명의 유가족이 모인 곳에서 털어놓고 있었다.

"서연 씨는 어떤 분을 보냈을까요."

서연이가 천천히 입을 열었다. 나까지 입이 말랐다.

"동생요."

"아…… 죄송하지만, 동생이 몇 살 때?"

"중학교 3학년 때요."

"세상에. 정말 힘들었겠어요. 혹시 동생이 왜 그랬는지 여쭤보면 너무 실례일까요?"

"아직도 이유는 못 찾았어요."

"동생에 대한 기억을 물어봐도 될까요?"

"국제고 진학을 앞둔 모범생이었어요. 언젠가 언니는 좋은 동생으로 기억할 거냐고 문자를 보낸 적이 있는데, 제가 답을 못했거든요. 그게 가슴 아파요. 바다에 한 번만 가고 싶다고, 바다에 가면 살 것 같다고 몇 번이나 말했는데, 씹었어요. 너무너무 미안해요."

서연이가 울먹거리는 목소리로 답했다. 마음이 메었다. 그래서 그랬구나. 바다에서 힘들어했던 서연이의 얼굴이 떠올랐다. 듣고 있던 진행자의 눈도 빨개졌다.

"서연씨도 힘들었겠지만, 어머니도 얼마나 힘드셨을까요."

"동생이 그렇게 되고 나서 엄마는 집착이 더 심해졌어요. 동생은, 아마도, 도망을 간 건지도 몰라요."

서연이의 고백에 마음이 싸했다. 객석 어딘가 듣고 있을 서연이 엄마가 그려졌다.

그리고 이어지는 고백들.

세상이 우리에게 던진 비수의 말들, 그 많은 언어폭력들.

편견의 시선들.

겪지 못한 사람은 짐작조차 할 수 없는, 죽은 이의 시간을 곱씹으며 자책했던 시간들.

죄인으로, 또는 재수 없게 보거나, 깊은 연민으로 보는 눈빛들에 대해서 우리는 끊임없이 이야기를 나누었다. 토크 콘서트 후반이 되자 다시 순애 아줌마의 목소리가 커졌다.

"지는예 진짜 할 말이 많은데예, 유가족이라고 해서 무턱대고 불쌍하게 보는 게 제일 싫어예. 우리도 농담도 하고 웃을 줄 아는 사람들이거든예. 우리는 뭐 평생 고통스럽게 울면서 살아야 합니꺼? 여기 오신 분들, 슬픈 만큼 슬퍼한 뒤에는 기쁜 일에는 기뻐하고, 행복한 일엔 행복해도 됩니더. 먼저 가신 분들도 그걸 원할거라예. 힘은 들겠지만예, 죄인처럼 평생 울면서 살지 마이소, 알겠지예?"

객석 여기저기서 훌쩍이는 소리가 이어졌다.

진행자가 은유정 선생님에게 다시 질문했다.

"이 모임을 이끌고 계시는 은유정 상담사님도 소중한 분을 잃으셨다고요?"

처음 듣는 얘기였다.

"네, 마지막 나눔 시간에 햇살 식구들에게 고백하려고 했는데 이렇게 기회가 먼저 왔네요. 저도 아들을 먼저 보냈습니다."

멘붕이었다. 은유정 선생님이 유가족이었다니!

옆에서 순애 아줌마가 다 안다는 듯, 은유정 샘의 손을 연신 움켜잡았다.

"마음이 아픈 아들이었어요. 지나고 나서야 그게 우울증인 걸 알았거든요. 15년이 지났는데 아직도 힘들어요."

"그래도 아드님 때문에 새로운 직업을 갖게 되셨다고요?"

"네. 아들 때문에 상담 공부를 시작했고, 이렇게 의미 있는 봉사활동도 하게 되었어요."

객석 곳곳에서 잔잔한 박수가 터져 나왔다.

그 뒤로도 우리는 다시 이야기를 나누었다. 말 그대로 우리가 나누는 모든 이야기는 '나눔'이 되고 있었다. 그제야 어렴풋이 알 것 같았다. 왜 '나눔'이라고 부르는지를. 그리고 뭔지 모르지만, 그 안에서 '치유'라고 말하는 게 일어나는 모양이었다.

드디어 긴 콘서트가 끝났다.

저마다 금방 마라톤을 뛰고 온 선수들처럼 지친 모습이었다.

우리는 길에 보이는 아무 찻집이나 들어가 자리를 잡았다. 따뜻한 레몬차를 마시니 살 것 같았다. 찻집에서 은유정 선생님의 이야기를 더 들을 수 있었다. 이야기 중에 순애 아줌마와 샘이 또 한 번 부둥켜안고 울었다.

돌아오는 길에 나는 서연이에게 물었다.

"서연아. 오늘 우리, 잘한 걸까?"

"글쎄……."

"잘못한 건 아니겠지?"

"그런 것 같진 않아."

우린 동시에 웃었다. 서연이가 말했다.

"신기해. 비슷할 수 없는 것까지 비슷하잖아."

이번엔 내가 말했다.

"서로 한 여자를 죽도록 미워하고!"

서연이가 씁쓸한 표정을 지었다.

"사실은 그게 제일 비슷하지."

서연이가 가만히 물었다.

"너는 왜 그 사람이 미워?"

"엄마가……."

나는 큰 숨을 한 번 들이마신 뒤 내뱉었다.

"아빠랑 그 사람 때문에 죽었다고 생각하거든."

서연이의 눈이 휘둥그레졌다.

"뭔 소리야?"

"엄마가 아플 때, 아빠가 그 여자와 바람을 피운 것 같아."

"아……. 힘들었겠다. 용서가 안 되겠다."

"당근이지. 용서 안 해."

"……."

"죽을 때까지 미워하겠네?"

"근데, 나도 내 마음을 잘 모르겠는데, 평생 미워할 생각을 하니까 좀 그래."

"뭐가?"

"나는 미워만 하다가 죽을 거잖아. 그러면 내 인생은 없잖아."

그토록 근사한 말은 내 말이 아니다. 여자가 떠나기 전 내게 남긴 말이었다.

여자는 여주에 다녀온 이후 무엇에 홀린 듯이 급하게 가게를 정리했다.

재인이는 꿀 알바를 그만두면서 석 달 치의 월급을 한꺼번에 받았고, 나는 여자에게 장문의 메시지를 받았다.

– 어른들을 미워하느라 네 시간을 다 쓰지 말고, 한 번밖에 없는 인생, 네 삶의 주인으로 살아봐. 미움이라는 감정의 노예가 되지 마. 그러기엔 네가 아까워.

미움의 노예라니. 이 무슨 법륜스님의 법문 같은 소리인가.

하지만 문자를 몇 번이나 읽었다. 읽으면 읽을수록 뒤통수를 강하게 맞은 느낌이 들었다.

– 고마워 지수야. 넌 잘될 거야. 행복해야 해.

그 말을 끝으로 여자는 진짜 사라졌다.

제멋대로 나타나고 제멋대로 다시 사라진 여자.

여자가 느닷없이 떠난 이유에 대해서는 재인이가 설명해주었다. 뉴스 속에서 해윤이를 닮은 아이를 봤다는 까닭이었다. 국제 봉사활동을 하는 학교 밖 청소년들에 관한 뉴스였다고 했다.

나는 여자에게 답 문자는 하지 않았다.

하지만 고백하건대, 뉴스 속 아이가 해윤이였으면 하는 마음은 진짜, 진짜였다.

그때 서연이가 힘 빠진 목소리로 물었다.

"우리는 왜 이런 일을 겪어야 할까?"

"무슨 이유가 있겠냐."

"그러게. 우리 같은 애들이 또 있을까."

"그건 그래."

"사람들이 뭘 알겠어, 그치?"

"맞아."

그건 좀 쓸쓸한 말이었다.

십 대란 좋은 부모 아래 근사한 밥을 먹고 당연한 보살핌을 받아도 알 수 없는 억울한 나이라고들 했다. 작든 크든 각자의 고민에 짓눌리는 무거운 시기라고. 하지만 서연이나 나에겐 사춘기라는 단어도 사치였다. 누구를 짝사랑해서 괴로운 기분, 시험 성적이 내려가서 좌절하는 기분, 옷이 마음에 안 들어서 툴툴대는 기분. 대입을 앞두고 걱정하는 마음, 그런 또래의 고민은 우리와는 거리가 먼 것들이었다.

나는 철저히 세상에서 혼자 고립된 기분이었다.

잘하라고 격려하는 사람도 없지만 타락해도 질책하는 이 하나 없는 시절. 내가 성장을 하든지 말든지 세상이 무심한 시절.

그런데 오늘만큼은 혼자가 아닌 기분이었다.

내 옆엔 나와 다른 듯 꼭 닮은 서연이와 순애 아줌마와 익수 아저씨가 있었으니까.

아, 참. 한 사람이 추가됐다. 은유정 샘까지.

나는 몇 번이나 망설였던 말을 꺼냈다.

"서연아, 우리가 친구라서 좋다."

오글거려도 진심이었다. 듣고 있던 서연이도 슬그머니 웃었다.

"나도. 아까 무대에서 감동 먹었어."

시간은 잘도 흘렀다.

자살 예방 생명 콘서트에 출연한 게 엊그제 같은데 벌써 반년이나 지나다니.

세상은 여전히 어제와 같이 돌고 돌았다.

재인이는 영원히 끝나지 않을 것 같은 오디션을 한순간에 때려치웠다. 끝까지 하겠다고 할 때는 언제고 미련이 하나도 없어 보였다. 최선을 다했기 때문에 미련이 없나? 친구지만 신기했다.

녀석의 열정은 다시 뷰티 유튜버로 향했다. 열정이란 그런 모양이었다. 축 처졌던 사람을 또다시 살게 하는 에너지. 달라진 건, 재인이 엄마까지 합세했다는 사실이다.

- 마미, 마스카라!

재인이가 말하면, 옆에서 공손하게 마스카라를 건네주는 보조 역할이었다.

- 립스틱, 휴지 세 장!

대사 한마디 없는 미미한 보조였지만, 열심히 등장하는 마미의 손가락을 보면 얼마나 재인이를 지지하는지 알 것 같았다. 재인이는 뷰티 유튜버로서의 노하우를 풀어놓았다. 마스카라를 할 때는 겨드랑이털을 보여줄 때까지 팔을 들고 있으라든지, 얼굴에 비비크림을 바를 때는 알코올 중독으로 수전증이 올 때처럼 손을 바들바들 떨면서 두드리라든지와 같은 희한한 조언이었다. 비록 암중모색 때만큼은 아니라도 꾸준히 팬이 늘었다.

"삼국시대 유물로 출토된 한국인만의 독보적인 얼굴상! 재인앤 마미 TV의 재인입니다!"

재인이의 오프닝 대사를 듣고 있으면 절로 웃음이 났다.

"남들에게 예뻐 보이는 건 중요하지 않아~ 백 퍼센트 자기만족을 위한 채널 ye~ 오늘도 재인앤마미 TV, 고고!"

그 모습이 가장 재인이다워서 흐뭇했다. 재인이가 뷰티 유튜버가 된 사이 나도 조금씩 달라졌다.

햇살 속으로 직진의 영향도 있었지만 은유정 선생님에게 정식으로 개인 상담을 받은 뒤 생긴 변화였다. 상담 속에서 나는 엄마를, 어린 시절의 모지수를, 아빠에게 화가 난 나를, 몇 번이고 다시 만났다. 아직 웅크리며 울고 있는 초등학생 지수를 발견했다. 은유정 선생님도 몇 번이나 울면서 어린 지수를 안아 주었다. 어른의 진심 어린 위로를 받는 건 생각보다 든든했다.

은유정 선생님의 말처럼, 화난 지수를 그 시절로 되돌려 주고, 비로소 지금의 나로 살아보기로 했다.

나는 처음으로 '나 자신만을 위한' 계획을 세웠다. 그리고 '내가 어떤 일을 하면 즐거울지'에 대해 골똘했다.

1. 졸업 후 알바를 할 것. 2. 배우고 싶었던 캘리그래피를 통해 예술인의 인생을 준비할 것. 3. 어학연수를 갈 것. 4. 미용학원에 다닐 것. 5. 간호조무사 학원에 등록할 것. 6. 재수 학원에 다닐 것. 몇 가지 경우의 수를 노트에 적어놓고는 엑스 표와 동그라미를 반복했다. 복수보다 머리가 더 아픈 일이었다.

이런 나의 변화를 기뻐한 사람도 있었다. 유일한 혈육, 모근우 변호사였다.

나중에 알게 된 사실이지만, 아빠는 우리가 해윤이를 보러 갔던 날 자정이 넘어서 여주에 도착했다고 했다. 그날, 여자가 아빠에게 제일 먼저 전화했지만, 연결이 되지 않았고, 아빠는 뒤늦게 음성을 확인했다고 했다. 돌아오는 우리의 택시와 아빠의 택시는 이천 어디쯤에서 마주쳤을지도 몰랐다. 물론 헛걸음은 아니었다. 아빠와 경찰이 밝혀낸 게 있었다. 해윤이의 신분증이 분실된 위조 신분증이었다는 것.

약속대로 아빠는 졸업하는 동시에 나의 독립을 허락했다. 그리고 당부했다.

"졸업만 하면 독립해. 뭐든지 하고 싶은 일을 찾아봐. 물론 네가 책임도 질 수 있겠지?"

"책임? 아빠가 그런 말 할 자격 없을 텐데?"

아빠는 한참 동안 머뭇거렸다. 소꼬리 곰탕을 하던 그 날의 표정과 비슷했다. 뭔가 말을 할 것 같다가도 다시 입을 다물었다. 한참 뒤 아빠의 입에서 나온 말은 놀라웠다.

"변명 같아서 말 안 했는데. 네 엄마가 오해했다. 그 당시 한주연은 고객이었어."

하, 끝까지 그 여자 편이라니. 그 말은 믿기지 않았다.

"그리고, 아빠가……."

"……."

나는 아무 말도 하지 않았다.

"미안하다."

아빠에게서 미안하다는 얘기를 듣다니! 멍했다. 물론 아빠는 끝까지 왜 미안한지는 말하지 않았다. 그렇다고 그 여자에게 빠져 있던 때처럼 뻔뻔하게 굴지도 않았지만.

햇살이 눈부시게 쏟아지던 날. 첨부파일만 있는 문자가 도착했다. 파일을 클릭한 순간, 눈을 의심했다. 환하게 웃는 해윤이와 여자의 사진이었다. 까맣게 탄 피부와, 짧은 머리가 해윤이 같지 않았지만, 확실히 녀석이었다. 아프리카에서 봉사활동을 하는 사진이 몇 장 더 도착했다. 아이들을 위해서 집을 짓고, 글도 가르치는 모습이었다. 옆에서 함께 웃고 있는 여자의 얼굴은 알아보기 힘들 정도였다. 여자는 앞치마를 입고, 손에 국자까지 들고 있었다.

나는 사진 속의 해윤이를 가만히 뜯어봤다. 열심히 산 자의 시간이 얼굴에 새겨져 있었다. 그토록 환한 미소가 녀석이 어떻게 살아왔는지를 말하는 것 같았다.

아무튼 갑자기 나타난 해윤이가 그렇게 반가울 수 없었다.

살아 있다는 게 이토록 기쁘고 반가운 소식일 줄이야. 갑자기 주변의 모두가 고마워지는 순간이었다.

재수 학원에 다니며 여전히 시크한 서연이도, 다시는 딸의 방문을 따지 않겠다며 드디어 치료를 받기 시작한 서연이 엄마도, 맨날 뜬구름을 잡는 재인과 마미도, 언론에 노출된 뒤로 더 바빠진 훈이 아저씨도, 묵묵히 의사의 길을 걷는 진익수 씨도, 더 심하게 눈이 충혈된 은유정 선생님도, 자살 예방 강사가 되어 여기저기 출강하기 바쁜 순애 아줌마도, 아직은 제대로 화해하지 못했지만 전보다 나빠지지 않은 아빠도, 사라진 여자도, 나도.

갑자기 모두가 살아 있어 다행이라는 생각이 들었다.

사는 게 아무리 폼나든 안 나든, 모두가 잘 버티어 주고 있어서 안심이었다.

중요한 건, 안 죽고 사는 것이다, 살아 있는 것이다.

손등 위로 따가운 햇볕이 부서졌다.

세상의 어떤 방해도 받지 않고 내 손을 어루만지는 햇살이었다.

언젠가 들었던 훈이 아저씨의 말이 떠올랐다.

'지수야, 아무리 어두워도 주저앉지 마. 바늘구멍 같은 한 점의 빛만 있다면 그 빛을 향해 직진해야 해.'

들을 때는 오글거렸는데 제법 근사한 말이었다.

좋아, 지나온 시간은 거기까지.

아픔에 머물지 말고, 이제 나의 햇살을 향해 직진하는 거다.

나는 처음으로 남들처럼 평범하게 살아보기로 했다.

몇 년 만에 마음을 고쳐먹는 순간이었다.

라디오 작가로 일하며 매일 생방송을 하던 시절이었습니다.

3년 동안 진행했던 〈자살 예방 프로젝트〉의 하나로 유가족들의 목소리를 들을 기회가 있었습니다. 취재하는 동안 할머니부터 앳된 고등학생까지 만났습니다. 그분들의 이야기를 대본에 옮기려고 책상에 앉은 밤이면 내내 목이 메곤 했어요.

이 이야기는 먼저 떠난 사람들의 이야기가 아니라, 남겨진 이들의 이야기입니다. 그리하여 가족을 가장 비극적인 방식으로 잃은 사람들이 버텨야 했던 시간의 이야기입니다.

동시에 세상을 불신했던 한 소녀의 성장 이야기이기도 합니다.

유가족들의 육성을 이야기 속에 풀어 놓으며, 단 한 줄이라도 마음에 와닿는 지점이 있으면 좋겠다는 염원으로 썼습니다. 위로가 되고 싶어서 쓴 글인데, 서툰 위로가 어떻게 느껴질지 솔직히 두렵습니다. 읽었을 때 상처가 되면 어떻게 하나 무거운 마음이 밀려들기도 합니다.

　이야기의 시작은 진익수로 그려진 실제 인물에서 출발했습니다. 아픔을 딛고, 다른 아픔을 치료하기 위해서 전문가가 된 청년을 보면서 멋있었거든요.
　씨앗은 그렇게 품었지만, 주인공 지수의 까칠한 속마음을 고백해 준 십 대의 그녀에게도 감사합니다.
　가만히 있어도 마음이 요동칠 청소년들에게 이토록 어둡고, 무섭고, 아픈 이야기를 읽으라고 쓰다니 어른으로서 염치가 없습니다.
　하지만 이 또한 세상의 단면이고, (좀 거창하게 말하자면) 간접경험이라는 문학의 한 기능을 빌려서 변명해 봅니다. 결국은 상처에 관한 이야기를 통해서 누군가의 숨은 아픔을 조금이라도 이해할 수 있는 마음이 든다면 참 좋겠습니다.

　혹시 이 책을 펼쳐 든 누군가 같은 방식으로 사랑하는 사람을 잃었다면 꼭 드리고 싶은 말이 있어요.
　이 세상은 당신에게 아무런 낙인도 찍을 수 없다는 사실을요.
　당신도 남은 삶은 끝내 행복하게 살 권리가 있다는 것을요.

마지막으로 한 편의 이야기가 완성되기까지 도와주신 분들께 감사드립니다.

제가 만나 뵈었던 유가족 모두에게 이 책을 바칩니다.

남은유♡